네 가슴속의 양을 찢어라

세계시인선

36

네 가슴속의 양을 찢어라

프리드리히 니체

김재혁 옮김

Zerreiße das Schaf in deinem
Herzen!

Friedrich Nietzsche

일러두기

1 프리드리히 니체의 시 선정과 번역을 위해 다음 판본을 사용하였다.

Friedrich Nietzsche, *Die schönsten Gedichte von Friedrich Nietzsche*, Diogenes, 2000.

Friedrich Nietzsche, *Gedichte*. Hg. von Jost Hermand. Reclam, 1964.

Friedrich Nietzsche, *Gedichte*. Hg. von Mathias Mayer. Reclam, 2010.

2 각 시의 주석과 권말 해설을 위해서는 아래 책들을 참고하였다.

Christian Benne/Claus Zittel(Hg.), *Nietzsche und die Lyrik. Ein Kompendium*. J. B. Metzler, 2017.

Barbara Neymeyr/Andreas Urs Sommer(Hg.), *Nietzsche als Philosoph der Moderne*. Universitätsverlag Winter, 2012.

Henning Ottmann(Hg.), *Nietzsche-Hanbuch*. J. B. Metzler, 2000.

3 이 책의 제목은 프리드리히 니체의 시 「바보여! 시인이여!」의 "그대는 사람들을 바라본다, / 양 같은 신을 바라본다──, / 사람들의 가슴속의 신을, / 사람들의 가슴속의 양을 찢는다."는 구절을 변형하여 만든 것임을 밝힌다.

차례

6부 디오니소스 송가(1888) Dionysos-Dithyramben

1부

청춘 시절의 시(1858-1868)

Jugendgedichte

O süßer Waldesfrieden

O süßer Waldesfrieden
Erheb mein banges Herz
Das keine Ruh hienieden
Zur Höhe himmelwärts.

Ich werfe mich ins grüne Gras
Und von der Tränen Quelle
Wird's Auge trüb, die Wange naß
Die Seele rein und helle.

Die Zweige senken sich herab
Umhülln mit ihren Schatten
Den Kranken, Lebensmatten
Gleich einem stillen Grab

Im grünen Walde möcht ich sterben
Nein! Nein; weg mit den herben
Gedanken! Denn im grünen Wald
Wo lustig Vogelsang erschallt
Wo Eichen ihre Häupter schütteln
Da mag wobald
Manch höhre G'walt
An deinem Sarge rütteln
Da kommt der Seelenfrieden

오, 달콤한 숲의 평화여

오, 달콤한 숲의 평화여
지상에서 안식을 찾지 못해
두려움에 떠는 이 가슴
하늘 높이 들어 올려 주오.
나 푸른 풀숲에 드러눕네,
샘처럼 쏟아지는 눈물로
눈은 흐릿해지고, 뺨은 젖고,
영혼은 환해지며 맑아지네.
나뭇가지들은 몸을 숙여
제 그늘로 감싸 주네,
삶에 지치고 병든 이 몸을,
마치 고요한 무덤처럼.

푸른 숲속에서 나 죽고 싶네,
아니야! 아니야! 이딴 쓰린
생각은 접자! 푸른 숲속에는
새들의 노랫소리 즐겁게 울리고
참나무들은 머리를 흔드니
머지않아 그곳에서는
숭고한 여러 힘들이
너의 관을 흔들 테고
그곳에는 영혼의 평화가

Zu deinen Grab gegangen
Durch ihn kannst du hienieden
Nur *wahre* Ruh erlangen

Die Wolken die in goldnen Bogen
Dich weiß wie Schnee dich rings umzogen
Sie ballen sich im Zorn zusammen
Und senden ihrer Blitze Flammen
Hernieder und der Himmel weint
Daß in der lieben Frühlingszeit
Wo lauten Jubel weit und breit
Er einzig nur zu finden meint
Sich einer nach dem Tode sehne
Und auf dich fällt manch bittre Träne
Und du erwachst
Stehst auf und siehst dich um und lachst

네 무덤에 깃들 테니.
영혼의 평화를 통해 너는 이곳
지상에서 **진정한** 안식을 얻겠지.

구름들은 황금빛 빛살로
너를 눈처럼 하얗게 에워싸고,
분노로 둥글게 뭉쳤다가
번개의 불꽃들을 지상에
내려보내고, 하늘은 운다,
이 사랑스러운 봄철에
환희가 사방에 메아리치는데
이 세상에 죽음을 바라는 자,
단 한 사람뿐이구나,
너를 향해 쓰린 눈물이 떨어지고
그리고 너는 눈을 뜨고
일어나 사방을 둘러보며 웃는다.

Noch einmal eh ich weiterziehe

Noch einmal eh ich weiterziehe
Und meine Blicke vorwärts sende
Heb ich vereinsamt meine Hände
Zu dir empor, zu dem ich fliehe,
Dem ich in tiefster Herzenstiefe
Altäre feierlich geweiht
Daß allezeit
Mich seine Stimme wieder riefe.

Darauf erglühet tief eingeschrieben
Das Wort: Dem unbekannten Gotte:
Sein bin ich, ob ich in der Frevler Rotte
Auch bis zur Stunde bin geblieben:
Sein bin ich — und ich fühl die Schlingen,
Die mich im Kampf darniederziehn
Und, mag ich fliehn,
Mich doch zu seinem Dienste zwingen.

Ich will dich kennen Unbekannter,
Du tief in meine Seele Greifender,
Mein Leben wie ein Sturm Durchschweifender
Du Unfaßbarer, mir Verwandter!

가던 길을 계속 가려고[1]

가던 길을 계속 가려고 눈길을
앞으로 던지기 전에 다시 한번
나 쓸쓸히 두 손을 들어 올린다,
내가 도망치듯 향해 가는 그대를 향해,
언제고 나를 다시 그대 목소리로
소리쳐 부르도록 내 심장 깊고 깊은 곳에
성대히 제단을 쌓아 올려 둔
그대를 향해.

제단 위에는 깊이 아로새겨진 말이
밝게 빛난다. '미지의 신에게'라고.
나는 그의 것. 나 비록 여태껏
독신자 무리 속에 있었다 해도
나는 그의 것. 나는 올가미를 느낀다,
싸움에서 나를 제압하여
내가 아무리 도망치려 해도
그를 섬기도록 강요하는 올가미를.

나 그대를 알고 싶다, 미지의 존재여,
내 영혼 깊은 곳을 어루만지는 그대여,
폭풍처럼 내 삶 속을 누비는 그대여,
파악할 수 없는 그대여, 나와 동족인 그대여!

Ich will dich kennen, selbst dir dienen.

그대를 알고 몸소 그대를 섬기고 싶다.

2부

서정시들(1869-1888)

Lyrisches

An die Melancholie

Verarge mir es nicht, Melancholie,

Daß ich die Feder, dich zu preisen, spitze

Und, preisend dich, den Kopf gebeugt zum Knie,

Einsiedlerisch auf einem Baumstumpf sitze.

So sahst du oft mich, gestern noch zumal,

In heißer Sonne morgendlichem Strahle:

Begehrlich schrie der Geier in das Tal,

Er träumt' vom toten Aas auf totem Pfahle.

Du irrtest, wüster Vogel, ob ich gleich

So mumienhaft auf meinem Klotze ruhte!

Du sahst das Auge nicht, das wonnenreich

Noch hin und her rollt, stolz und hochgemute.

Und wenn es nicht zu deinen Höhen schlich,

Erstorben für die fernsten Wolkenwellen,

So sank es um so tiefer, um in sich

Des Daseins Abgrund blitzend aufzuhellen.

So saß ich oft in tiefer Wüstenei,

Unschön gekrümmt, gleich opfernden Barbaren,

Und deiner eingedenk, Melancholei,

Ein Büßer, ob in jugendlichen Jahren!

멜랑콜리에게²

나를 놀리지 마라, 멜랑콜리여,
너를 칭송하려 펜촉을 다듬는다고,
너를 칭송하며 머리를 무릎에 박고
은자처럼 나뭇등걸에 앉아 있다고.
너 그런 나를 자주 봤고 어제도 봤지,
아침의 뜨거운 태양의 빛살 속에서,
독수리는 계곡을 향해 허기지게 울었지,
죽은 말뚝 위의 죽은 짐승을 꿈꾼 거야.

너는 착각한 거야, 거친 새야, 내가 비록
내 나뭇등걸에 미라처럼 앉아 있었지만!
너는 그 눈을 못 봤어. 환희로 가득 차
이리저리 굴리던 당당한 그 눈빛을.
그 눈길이 높은 곳의 네게 닿지 못하고
머나먼 구름의 파도에 묻혀 죽어 갈 때,
사실 그 눈길은 안으로 깊이 파고들어
존재의 심연을 번개처럼 밝히려 한 거야.

나는 종종 깊은 황야에 앉아 있곤 했다,
제물을 올리는 야만인처럼 꾸부정한 모습으로.
그리고 너를 생각했다, 멜랑콜리여,
내 젊음의 시절이었지만, 고행자로서!

So sitzend freut ich mich des Geier-Flugs,

Des Donnerlaufs der rollenden Lawinen,

Du sprachst zu mir, unfähig Menschentrugs,

Wahrhaftig, doch mit schrecklich strengen Mienen.

Du herbe Göttin wilder Felsnatur,

Du Freundin liebst es, nah mir zu erscheinen;

Du zeigst mir drohend dann des Geiers Spur

Und der Lawine Lust, mich zu verneinen.

Rings atmet zähnefletschend Mordgelüst:

Qualvolle Gier, sich Leben zu erzwingen!

Verführerisch auf starrem Felsgerüst

Sehnt sich die Blume dort nach Schmetterlingen.

Dies alles bin ich —— schaudernd fühl ich's nach ——

Verführter Schmetterling, einsame Blume,

Der Geier und der jähe Eisesbach,

Des Sturmes Stöhnen —— alles dir zum Ruhme,

Du grimme Göttin, der ich tief gebückt,

Den Kopf am Knie, ein schaurig Loblied ächze,

Nur dir zum Ruhme, daß ich unverrückt

Nach Leben, Leben, Leben lechze!

그렇게 앉아 나는 날아가는 독수리와
구르는 눈사태의 천둥소리를 즐겼다,
너는 내게 말했다, 인간들처럼 사기는 못 쳐서,
진지하게, 하지만 지독히 엄한 표정으로.

너 거친 자연의 강인한 여신이여,
친구 너는 내 곁에 나타나길 좋아하지,
너는 위협조로 독수리의 길을 보여 주고,
나를 뭉개려는 눈사태를 내게 보여 준다.
주위엔 이빨을 드러내며 살의가 숨 쉰다:
고통스런 탐욕을 통해 생을 얻어라!
준엄한 바위산 위에는 유혹하는 자태로
꽃은 피어 나비들을 그리워한다.

몸을 떨며, 나 자신이 이 모든 것임을 느낀다,
유혹당하는 나비, 외로운 꽃,
독수리 그리고 차디찬 얼음 냇물,
으르렁대는 폭풍우, 너에게 모든 영광을,
너 준엄한 여신이여, 나는 깊이 고개 숙여
머리를 무릎에 박고, 두려운 칭송을 읊는다,
오직 너의 영광을 위해, 나 꿋꿋이
삶을, 삶을, 삶을 그리워하노라!

Verarge mir es, böse Gottheit, nicht,
Daß ich mit Reimen zierlich dich umflechte.
Der zittert, dem du nahst, ein Schreckgesicht,
Der zuckt, dem du sie reichst, die böse Rechte.

Und zitternd stammle ich hier Lied auf Lied,
Und zucke auf in rhythmischem Gestalten:
Die Tinte fleußt, die spitze Feder sprüht —
Nun Göttin, Göttin laß mich — laß mich schalten!

나를 놀리지 마라, 나쁜 여신이여, 내가
너를 노래로 우아하게 장식한다고.
네가 다가오면 나는 떤다, 끔찍한 얼굴이여,
네가 손을 내밀면 나는 움찔한다, 사악한 오른손이여,
나는 여기서 떨며 끊임없이 노래를 흥얼대고
리듬에 맞춰 몸을 실룩거린다,
잉크는 흐르고, 뾰족한 펜촉은 잉크를 흩날린다,
이제 여신이여, 나로 하여금 행동하게 하라!

Am Gletscher

Um Mittag, wenn zuerst
Der Sommer ins Gebirge steigt,
Der Knabe mit den müden, heißen Augen:
Da spricht er auch,
Doch *sehen* wir sein Sprechen nur.
Sein Atem quillt, wie eines Kranken Atem quillt
In Fieber-Nacht.
Es geben Eisgebirg und Tann und Quell
Ihm Antwort auch,
Doch *sehen* wir die Antwort nur.
Denn schneller springt vom Fels herab
Der Sturzbach wie zum Gruß
Und steht, als weiße Säule zitternd,
Sehnsüchtig da.
Und dunkler noch und treuer blickt die Tanne,
Als sonst sie blickt,
Und zwischen Eis und totem Graugestein
Bricht plötzlich Leuchten aus —— ——
Solch Leuchten sah ich schon: das deutet mir's. —

빙하 앞에서

한낮, 여름이 맨 처음으로
산악을 오르면,
뜨거운 지친 눈빛의 소년[3]처럼 오르면,
그때 여름이 뭐라고 말을 해도,
우리는 여름의 말을 볼 뿐이다.
여름의 숨결은 열에 들뜬 밤의
환자의 호흡처럼 새어 나온다.
빙산과 전나무와 샘물이
여름에게 대답을 해도,
우리는 그 대답을 볼 뿐이다,
반가운 듯 급류는 더 빠르게
바위에서 뛰어내리다가,
하얀 기둥이 되어 떨면서
그리움에 사무친 듯 서 있으니까.
그리고 전나무는 평소 눈빛보다
더 어둡고 더 충직한 눈빛으로 바라보고,
얼음과 죽은 잿빛 암석들 사이로
갑자기 빛이 쏟아지니까 ──
나 언젠가 그런 빛을 본 것 같다.

Auch toten Mannes Auge
Wird wohl noch *ein*mal licht,
Wenn harmvoll ihn sein Kind
Umschlingt und hält und küßt:
Noch *ein*mal quillt da wohl zurück
Des Lichtes Flamme, glühend spricht
Das tote Auge: "Kind!
Ach Kind, du weißt, ich liebe dich!" ——

Und glühend redet alles —— Eisgebirg
Und Bach und Tann ——
Mit Blicken hier dasselbe Wort:
"Wir lieben dich!
Ach Kind, du weißt, wir lieben, lieben dich!"

Und er,
Der Knabe mit den müden, heißen Augen,
Er küßt sie harmvoll,
Inbrünstger stets,
Und will nicht gehn;
Er bläst sein Wort wie Schleier nur
Von seinem Mund,

죽은 남자의 눈도
다시 한번 빛나리라,
아이가 슬픔에 잠겨 그를 얼싸안고
그에게 입맞춤을 할 때면,
다시 한번 빛의 불꽃이
솟구쳐 나오고, 죽은 눈은
환히 빛나며 말하리라. "애야!
아, 애야, 알지, 너를 사랑하다는 걸!"

환히 빛나며 모두가 말한다 — 빙산
그리고 냇물과 전나무가 —
눈을 뜨고 모두 같은 말을 한다.
"우리는 너를 사랑한다!
아, 애야, 알지, 너를 사랑한다는 걸!"

그리고 그는,
뜨거운 지친 눈빛의 소년은,
소년은 슬픔에 잠겨 그들에게 키스한다,
언제나 열정적으로,
소년은 떠나려 하지 않는다,
소년은 베일처럼 자신의 말을
입으로 훅훅 분다,

Sein schlimmes Wort:

"Mein Gruß ist Abschied,

Mein Kommen Gehen,

Ich sterbe jung."

Da horcht es rings

Und atmet kaum:

Kein Vogel singt.

Da überläuft

Es schaudernd, wie

Ein Glitzern, das Gebirg.

Da denkt es rings —

Und schweigt — —

Um Mittag war's

Um Mittag, wenn zuerst

Der Sommer ins Gebirge steigt,

Der Knabe mit den müden, heißen Augen.

한 맺힌 그의 말을.
"나의 인사는 작별이고,
나의 옴은 감이고,
나는 젊어서 죽어요."

만물이 그 말에 귀 기울이고
숨조차 쉬지 않는다.
새도 노래하지 않는다.
그때 마치 소름처럼
반짝이는 빛이
온 산을 훑고 지나간다.
주위 모든 것이 생각에 잠겨
침묵한다 ──

한낮에 있었던 일이다
한낮에, 여름이
뜨거운 지친 눈빛의 소년이
맨 처음 산악을 오를 때.

Der Herbst

Dies ist der Herbst: der —— bricht dir noch das Herz!
Fliege fort! fliege fort! —— ——
Die Sonne schleicht zum Berg
Und steigt und steigt
Und ruht bei jedem Schritt.

Was ward die Welt so welk!
Auf müd gespannten Fäden spielt
Der Wind sein Lied.
Die Hoffnung floh ——
Er klagt ihr nach.

Dies ist der Herbst: der —— bricht dir noch das Herz!
Fliege fort! fliege fort!
O Frucht des Baums,
Du zitterst, fällst?
Welch ein Geheimnis lehrte dich
Die Nacht,
Daß eisger Schauder deine Wange,
Die Purpur-Wange deckt? ——

Du schweigst, antwortest nicht?

가을

지금은 가을, 네 마음을 울리는 가을이다!
날아가라! 날아가 버려라!
태양은 산으로 기어올라
오르고 또 오르며
한 걸음 뗄 때마다 쉰다.

세상은 왜 이리 시들었는가!
후줄근해진 실들을 타며
바람이 노래를 연주한다.
희망은 도망쳤고,
바람은 사라진 희망을 슬퍼한다.

지금은 가을, 네 마음을 울리는 가을이다!
날아가라! 날아가 버려라!
오, 나무의 열매여,
너는 떨다가 떨어지는가?
그 밤이
네게 어떤 비밀을 가르쳐 주었기에
얼음 같은 전율이 네 뺨을,
붉은 네 뺨을 뒤덮는가?

너는 침묵하고 대답하지 않는가?

Wer redet noch? —— ——

Dies ist der Herbst: der —— bricht dir noch das Herz!
Fliege fort! fliege fort! ——
"Ich bin nicht schön"
—— so spricht die Sternenblume ——
"Doch Menschen lieb ich
Und Menschen tröst ich ——

Sie sollen jetzt noch Blumen sehn,
Nach mir sich bücken
Ach! und mich brechen ——
In ihrem Auge glänzet dann
Erinnrung auf,
Erinnerung an Schöneres als ich: ——
—— ich seh's, ich seh's —— und sterbe so." ——

Dies ist der Herbst: der —— bricht dir noch das Herz!
Fliege fort! fliege fort!

누가 계속해서 말하는 걸까?

지금은 가을, 네 마음을 울리는 가을이다!
날아가라! 날아가 버려라!
"나는 이제 아름답지 않아"
— 별꽃도라지가 그렇게 말한다 —
"그래도 나는 사람들을 사랑하고
사람들에게 위안을 주지 —

사람들은 지금도 꽃을 봐야 해,
내게 몸을 구부려
아! 나를 꺾어도 돼 —
그러면 그들의 눈에는
추억이 반짝이지,
나보다 더 아름다운 것에 대한 추억이 —
그것을 보면서, 그것을 보면서, 나는 죽어 갈 거야."

지금은 가을, 네 마음을 울리는 가을이다!
날아가라! 날아가 버려라!

Vereinsamt

Die Krähen schrein
Und ziehen schwirren Flugs zur Stadt:
Bald wird es schnein, —
Wohl dem, der jetzt noch — Heimat hat!

Nun stehst du starr,
Schaust rückwärts ach! wie lange schon!
Was bist du Narr
Vor Winters in die Welt entflohn?

Die Welt — ein Tor
Zu tausend Wüsten stumm und kalt!
Wer das verlor,
Was du verlorst, macht nirgends halt.

Nun stehst du bleich,
Zur Winter-Wanderschaft verflucht,
Dem Rauche gleich,
Der stets nach kältern Himmeln sucht.

Flieg, Vogel, schnarr
Dein Lied im Wüsten-Vogel-Ton! —

고독하게

까마귀들[4]이 울부짖다가
도시 쪽으로 휠휠 날아간다.
머지않아 눈이 오겠지 ─
지금 고향이 있는 사람은 행복하리라!

너는 이제 꼼짝 않고 서서,
뒤를 돌아보는구나! 얼마나 오래됐나!
너는 얼마나 바보냐
겨울을 앞두고 세상 속으로 도망치다니?

세상은 ─ 바보야,
수천의 사막처럼 조용하고 차다!
네가 잃은 것을
잃은 사람은 기댈 곳이 없다.

너는 이제 창백한 빛으로 서 있다,
겨울 방랑의 저주를 받은 채,
마치 연기처럼,
늘 더 차가운 하늘을 찾아서.

새야, 날아라, 황야의 새소리로
너의 노래를 흥겹게 불러라!

Versteck, du Narr,
Dein blutend Herz in Eis und Hohn!

Die Krähen schrein
Und ziehen schwirren Flugs zur Stadt:
—— bald wird es schnein,
Weh dem, der keine Heimat hat!

숨겨라, 너 바보야,
피 흘리는 네 심장을 얼음과 조롱 속에!

까마귀들이 울부짖다가
도시 쪽으로 훨훨 날아간다.
── 머지않아 눈이 오겠지,
고향이 없는 사람은 불행하리라!

Aus hohen Bergen

O Lebens Mittag! Feierliche Zeit!
      O Sommergarten!
Unruhig Glück im Stehn und Spähn und Warten: ——
Der Freunde harr ich, Tag und Nacht bereit,
Wo bleibt ihr, Freunde? Kommt! 's ist Zeit! 's ist Zeit!

War's nicht für euch, daß sich des Gletschers Grau
      Heut schmückt mit Rosen?
Euch sucht der Bach, sehnsüchtig drängen, stoßen
Sich Wind und Wolke höher heut ins Blau,
Nach euch zu spähn aus fernster Vogel-Schau.

Im Höchsten ward für euch mein Tisch gedeckt ——
      Wer wohnt den Sternen
So nahe, wer des Abgrunds grausten Fernen?
Mein Reich —— welch Reich hat weiter sich gereckt?
Und meinen Honig —— wer hat ihn geschmeckt? ……

      —— Da *seid* ihr, Freunde! —— Weh, doch *ich* bin's nicht,
      Zu dem ihr wolltet?
Ihr zögert, staunt —— ach, daß ihr lieber grolltet!

높은 산중에서[5]

오, 삶의 한낮이여! 빛나는 시간이여!
　　오, 여름정원이여!
서서 엿보며 기다릴 때의 초조한 행복 —
나는 친구들을 밤낮으로 애타게 기다린다,
친구들아, 너희는 어디 있느냐? 오라! 때가 왔다! 때가 왔다!

잿빛 빙하가 오늘 스스로를 장미로
　　장식한 것은 너희 때문이 아니더냐?
냇물은 너희를 찾고, 바람과 구름은 오늘따라
사무치는 그리움에 더 높이 창공으로 치솟아,
머나먼 곳에서 새의 눈길로 너희를 살핀다.

가장 높은 산꼭대기에 너희를 위해 나 식탁을 차려 놓았다.
　　별들 가까이 사는 자 누구인가,
심연의 끔찍한 깊이 속에 사는 자 누구인가?
나의 왕국 — 이보다 더 큰 왕국이 어디 있는가?
그리고 나의 꿈 — 이 같은 꿈을 맛본 자 누구인가?

— 너희가 왔구나, 친구들아! 슬프다, 너희가
　　만나려 한 사람은 내가 아닌가?
너희는 주저하며 놀라워한다. 아, 너희는 오히려 원망한다!

Ich — bin's nicht mehr? Vertauscht Hand, Schritt, Gesicht?
Und *was* ich bin, euch Freunden — bin ich's nicht?

Ein andrer ward ich? Und mir selber fremd?
Mir selbst entsprungen?
Ein Ringer, der zu oft sich selbst bezwungen?
Zu oft sich gegen eigne Kraft gestemmt,
Durch eignen Sieg verwundet und gehemmt?

Ich suchte, wo der Wind am schärfsten weht?
Ich lernte wohnen,
Wo niemand wohnt, in öden Eisbär-Zonen,
Verlernte Mensch und Gott, Fluch und Gebet?
Ward zum Gespenst, das über Gletscher geht?

— Ihr alten Freunde! Seht! Nun blickt ihr bleich,
Voll Lieb und Grausen!
Nein, geht! Zürnt nicht! Hier — könntet *ihr* nicht hausen:
Hier zwischen fernstem Eis- und Felsenreich —
Hier muß man Jäger sein und gemsengleich.

나는 예전의 내가 아닌가? 손도 걸음걸이도 얼굴도 변했나?
친구들아, 지금의 나는 진정 내가 아닌가?

나는 다른 사람이 되었나? 나 자신에게도 낯선 사람이?
　　나는 나 자신에게서 도망친 것인가?
너무나 자주 스스로를 이겨 내야 하는 격투사인가?
너무나 자주 스스로의 힘에 저항하고,
자신의 승리에 의해 상처 입고 방해받는 격투사인가?

나는 바람이 살을 에는 곳을 찾아 나섰던가?
　　나는 아무도 살지 않는 곳에서,
황량한 백곰의 영역에서 사는 법을 익혔다,
인간과 신, 저주와 기도를 잊은 것인가?
나는 빙하 위를 서성이는 유령이 된 건가?

옛 친구들아! 보라! 너희는 창백해 보인다,
　　사랑과 공포로 가득 차서!
아니다, 가라! 화내지 마라! 이곳은 너희가 있을 곳이 못
　　된다.
외딴 빙벽과 바위 나라 사이의 이곳은 ──
이곳에선 사냥꾼이 되거나 영양(羚羊)이 되어야 한다.

Ein *schlimmer* Jäger ward ich! —— Seht, wie steil

Gespannt mein Bogen!

Der Stärkste war's, der solchen Zug gezogen —— ——:

Doch wehe nun! Gefährlich ist *der* Pfeil,

Wie *kein* Pfeil, —— fort von hier! Zu eurem Heil!......

Ihr wendet euch? —— O Herz, du trugst genung,

Stark blieb dein Hoffen:

Halt *neuen* Freunden deine Türen offen!

Die alten laß! Laß die Erinnerung!

Warst einst du jung, jetzt —— bist du besser jung!

Was je uns knüpfte, *einer* Hoffnung Band ——

Wer liest die Zeichen,

Die Liebe einst hineinschrieb, noch, die bleichen?

Dem Pergament vergleich ich's, das die Hand

Zu fassen *scheut* —— ihm gleich verbräunt, verbrannt.

Nicht Freunde mehr, das sind —— wie nenn ich's doch? ——

Nur Freunds-Gespenster!

Das klopft mir wohl noch nachts an Herz und Fenster,

Das sieht mich an und spricht: "wir *waren's* doch?"

나는 거친 사냥꾼이 되었다! 보라, 나의 활이
　　　얼마나 팽팽하게 당겨져 있는지!
가장 강한 자만이 그런 활을 당길 수 있다.
하지만 아! 이 화살은 위험하다,
그 어떤 화살보다. 여기서 떠나라! 너희의 안녕을 위해!

너희는 돌아서는가? 오, 심장이여, 너는 할 만큼 했다,
　　　너의 바람은 추호의 흔들림도 없었다.
새로운 친구들에게 너의 문을 열어 두라!
옛 친구들은 버려라! 네 기억도 버려라!
너 한때 젊었지만, 지금은 더 젊어졌노라!

옛날에 우리를 묶어 준 것은 하나의 희망의 끈이었지만,
　　　그 문자를 지금 누가 읽어 내겠는가,
옛날 사랑이 썼지만, 이제는 퇴색한 그 문자를?
손으로 만지기 **꺼리는** 양피지와 같다.
양피지처럼 퇴색하고 그을린 모습이다.

이젠 친구들이 아니다, 이들을 뭐라 부를까?
　　　그저 친구들의 유령일 뿐이다!
유령들은 밤이면 내 심장과 창문을 두드리고,
나를 보며 말한다. "한때 우린 **친구였지?**"

—— O welkes Wort, das einst wie Rosen roch!

O Jugend-Sehnen, das sich mißverstand!
  Die *ich* ersehnte,
Die ich mir selbst verwandt-verwandelt wähnte,
Daß *alt* sie wurden, hat sie weggebannt:
Nur wer sich wandelt, bleibt mit mir verwandt.

O Lebens Mittag! Zweite Jugendzeit!
  O Sommergarten!
Unruhig Glück im Stehn und Spähn und Warten!
Der Freunde harr ich, Tag und Nacht bereit,
Der *neuen* Freunde! Kommt! 's ist Zeit! 's ist Zeit!

Dies Lied ist aus —— der Sehnsucht süßer Schrei
  Erstarb im Munde:
Ein Zaubrer tat's, der Freund zur rechten Stunde,
Der Mittags-Freund —— nein! fragt nicht, wer es sei ——
Um Mittag war's, da wurde Eins zu Zwei…

Nun feiern wir, vereinten Siegs gewiß,
  Das Fest der Feste:

오, 한때는 장미향을 풍겼지만 이젠 시들어 버린 말이여!

오, 오해였을 뿐인 청춘의 그리움이여!
　　　그리워했던 나의 친구들,
이들도 나와 뜻을 같이하여 변모하리라 잘못 생각했지,
이들은 늙어서 다 쫓겨났지.
변모하는 자만이 나와 뜻을 함께하리라.

오, 삶의 한낮이여! 제2의 청춘이여!
　　　　오, 여름정원이여!
서서 엿보며 기다릴 때의 초조한 행복! —
나는 친구들을 밤낮으로 애타게 기다린다,
새로운 친구들을! 오라! 때가 왔다! 때가 왔다!

이 노래는 끝났다 — 그리움의 달콤한 외침은
　　　　나의 입안에서 죽었다.
그것은 마법사가 한 일이다, 제때 나타난 친구가,
한낮의 친구가. 안 된다! 묻지 마라, 그가 누구인지 —
한낮이었고, 그때 하나는 둘이 되었다……[6]

자 이제 굳건한 승리를 확신하며
　　　　축제 중의 축제를 즐기자.

Freund *Zarathustra* kam, der Gast der Gäste!
Nun lacht die Welt, der grause Vorhang riß,
Die Hochzeit kam für Licht und Finsternis…

친구 **자라투스트라**가 왔다, 손님 중의 손님이!
이제 세계는 웃고, 끔찍한 장막은 찢겼다,
빛과 어둠의 결혼식 날이 찾아왔다……

An der Brücke stand

An der Brücke stand
jüngst ich in brauner Nacht.
Fernher kam Gesang;
goldener Tropfen quoll's
über die zitternde Fläche weg.
Gondeln, Lichter, Musik —
trunken schwamm's in die Dämmrung hinaus …

Meine Seele, ein Saitenspiel,
sang sich, unsichtbar berührt,
heimlich ein Gondellied dazu,
zitternd vor bunter Seligkeit.
— Hörte jemand ihr zu? …

다리 위에 서 있었다[7]

얼마 전 나는 갈색의 밤에
다리 위에 서 있었다.
멀리서 노랫소리가 들려왔다.
떨리는 수면 위로 황금빛
물방울들이 부풀어 올랐다.
곤돌라, 불빛들, 음악 —
흥겨이 어스름 속으로 헤엄쳤다.[8]

내 영혼은 현의 연주가 되어
자기도 모르게 감동의 노래를 타며
몰래 곤돌라의 노래[9]를 불렀다,
화려한 행복감에 몸을 떨면서.
그 노랫소리 누군가 들었을까?[10]

3부

잠언시(1869-1888)

Spruchhaftes

Pinie und Blitz

Hoch wuchs ich über Mensch und Tier;
Und sprech ich —— niemand spricht mit mir.

Zu einsam wuchs ich und zu hoch ——
Ich warte: worauf wart ich doch?

Zu nah ist mir der Wolken Sitz, ——
Ich warte auf den ersten Blitz.

소나무와 벼락

나는 인간과 짐승들 위로 높이 자라 올랐다,
그리고 나는 말한다 ─ 나와 말하는 이 없다.

나는 너무 고독하게, 너무 높이 자라 올랐다.
나는 기다린다. 대체 무엇을 기다리는 건가?

나는 구름의 자리에 너무 가까이 와 있다,
나는 최초의 벼락을 기다리는 중이다.

"Der Wanderer und sein Schatten"

Ein Buch

Nicht mehr zurück? Und nicht hinan?
Auch für die Gemse keine Bahn?

So wart ich hier und fasse fest,
Was Aug und Hand mich fassen läßt!

Fünf Fuß breit Erde, Morgenrot,
Und *unter* mir —— Welt, Mensch und Tod!

"나그네와 그의 그림자"

한 권의 책

이젠 돌아갈 수 없지? 올라갈 수도 없지?
영양(羚羊)들이 다니는 길도 나 있지 않지?

나 이렇게 이곳에서 기다리며 움켜쥔다,
눈과 손이 붙잡으라 하는 것들을!

아침놀 번지는 다섯 뼘의 땅,
내 발밑에는 ─ 세상, 인간, 죽음이 있다!

Yorick-Columbus

Freundin! sprach Columbus, traue
Keinem Genueser mehr!
Immer starrt er in das Blaue —
Fernstes lockt ihn allzusehr!

Fremdestes ist nun mir teuer!
Genua — das sank, das schwand —
Herz, bleib kalt! Hand hält das Steuer!
Vor mir Meer — und Land? — und Land?

Dorthin will ich — und ich traue
Mir fortan und meinem Griff.
Offen ist das Meer, ins Blaue
Treibt mein Genueser Schiff.

Alles wird mir neu und neuer,
Weit hinaus glänzt Raum und Zeit —
Und das schönste Ungeheuer
Lacht mir zu: die Ewigkeit

콜럼버스

벗이여! 콜럼버스가 말했다.
제노바[11] 사람 말은 믿지 말아요!
줄곧 그는 바다를 응시하고 있다 ─
그는 먼 곳에 사로잡혀 있다!

나는 이제 낯선 것을 사랑해요!
제노바, 그건 침몰해 사라졌어 ─
마음이여, 냉정해라! 손은 키를 잡고!
내 앞엔 바다 ─ 그리고 땅? ─ 그리고 땅?

그곳으로 가련다. 나는 이제
나 자신과 나의 솜씨만을 믿는다.
바다는 광활하고, 나의 제노바 배는
푸른 바다로 떠간다.[12]

내겐 모든 것이 더욱 새로워지리라,
저 멀리 시간과 공간이 반짝인다 ─
그리고 가장 아름다운 괴물이 내게
미소 짓는다. 그것은 영원이다.[13]

"Die fröhliche Wissenschaft"

Dies ist kein Buch: was liegt an Büchern!

An diesen Särgen und Leichentüchern!

Vergangnes ist der Bücher Beute:

Doch hierin lebt ein ewig *Heute*.

Dies ist kein Buch: was liegt an Büchern!

Was liegt an Särgen und Leichentüchern!

Dies ist ein Wille, dies ist ein Versprechen,

Dies ist ein letztes Brücken-Zerbrechen,

Dies ist ein Meerwind, ein Anker-Lichten,

Ein Räder-Brausen, ein Steuer-Richten;

Es brüllt die Kanone, weiß dampft ihr Feuer,

Es lacht das Meer, das Ungeheuer!

"즐거운 학문"

이건 책이 아니다. 책 따위가 뭐냐!
그딴 관과 수의가 뭐란 말인가!
책들의 전리품은 흘러간 것들뿐,
하지만 이 안[14]에는 영원한 **오늘**이 살고 있다.

이건 책이 아니다. 책 따위가 뭐냐!
그딴 관과 수의가 뭐란 말인가!
이것은 의지요, 이것은 약속이요,
이것은 최후의 다리 파괴요,
이것은 바닷바람이요, 정박등이요,
바퀴 구르는 소리요, 방향키를 잡는 일이다.
대포는 포효하고, 불꽃은 하얗게 피어난다,
바다는 웃는다, 거대한 괴물처럼!

Das Wort

Lebendgem Worte bin ich gut:
Das springt heran so wohlgemut,
Das grüßt mit artigem Genick,
Ist lieblich selbst im Ungeschick,
Hat Blut in sich, kann herzhaft schnauben,
Kriecht dann zum Ohre selbst dem Tauben,
Und ringelt sich und flattert jetzt,
Und was es tut — das Wort ergetzt.

Doch bleibt das Wort ein zartes Wesen,
Bald krank und aber bald genesen.
Willst ihm sein kleines Leben lassen,
Mußt du es leicht und zierlich fassen,
Nicht plump betasten und bedrücken,
Es stirbt oft schon an bösen Blicken —
Und liegt dann da, so ungestalt,
So seelenlos, so arm und kalt,
Sein kleiner Leichnam arg verwandelt,
Von Tod und Sterben mißgehandelt.

Ein totes Wort — ein häßlich Ding,
Ein klapperdürres Kling-Kling-Kling.

언어

생생하게 살아 있는 언어가 나는 좋다.
이런 언어는 활달하게 뛰어 다가오고,
상냥하게 고개 숙여 인사를 한다,
좀 서툴러도 그냥 사랑스러우며,
안에 피를 품고 있어 씩씩하게 숨 쉬고,
귀머거리의 귀에조차 기어오른다,
몸을 돌돌 말고 있다가 이내 파닥인다,
언어가 하는 일, 언어는 즐거움을 준다.

언어는 섬세한 생명체라서,
병들기도 하고 낫기도 한다.
그 조그만 생명이 제 삶을 살도록 둬야 하며,
잡을 땐 가볍게 살포시 잡아야 한다.
서툴게 더듬거나 짓누르면 안 된다,
나쁜 눈길만 닿아도 죽기 때문이다 —
그러면 보기 흉한 몰골로 누워 있다,
영혼도 없이 불쌍하고 차갑게,
그 작은 시체는 볼품없이 변한다,
죽음의 손길에 들볶여서.

죽은 언어는 흉측하다,
울림도 없는 달가닥 소리에 불과하다.

Pfui allen häßlichen Gewerben,
An denen Wort und Wörtchen sterben!

모든 언어를 죽게 만드는
끔찍한 짓들이 창피한 것임을 알라!

An Richard Wagner

Der du an jeder Fessel krankst,

Friedloser, unbefreiter Geist,

Siegreicher stets und doch gebundener,

Verekelt mehr und mehr, zerschundener,

Bis du aus jedem Balsam Gift dir trankst —— ,

Weh! Daß auch du am Kreuze niedersankst,

Auch du! auch du —— ein Überwundener!

Vor diesem Schauspiel steh ich lang,

Gefängnis atmend, Gram und Groll und Gruft,

Dazwischen Weihrauch-Wolken, Kirchen-Duft,

Mir fremd, mir schauerlich und bang.

Die Narrenkappe werf ich tanzend in die Luft,

Denn ich entsprang!

바그너에게

온갖 족쇄에 묶여 허덕이는 그대여,
평화를 잃고 자유를 빼앗긴 정신이여,
언제나 승리를 구가하면서도 속박 속에 있는,
갈수록 미움받고 상처받는 그대여,
그대는 마침내 모든 향유에서 독을 마셨다,
오호라! 그대도 십자가 앞에 무릎을 꿇었다,
그대! 그대도 — 정복당한 자여![15]

이 광경 앞에 나는 늘 오래 서 있다,
감옥을 숨 쉬며, 슬픔과 원한과 무덤을 숨 쉬며,
거기에 섞인 구름 같은 향과 교회의 향기는
내겐 낯설고, 무섭고 두렵기만 하다.
나는 춤추며 광대의 모자를 허공에 던진다,
나는 탈출하였으니!

4부

"해학, 간계 그리고 복수"(1882)

"Scherz, List und Rache"

Zwiegespräch

A. War ich krank? Bin ich genesen?
Und wer ist mein Arzt gewesen?
Wie vergaß ich alles das!
B. Jetzt erst glaub ich dich genesen:
Denn gesund ist, wer vergaß.

대화

A: 내가 아팠었나? 이제 다 나은 건가?

　나의 의사는 누구였지?

　나는 그 모든 것을 잊었어!

B: 나는 이제야 네가 다 나았다고 생각해.

　잊어버린 사람은 건강한 거거든.

Welt-Klugheit

Bleib nicht auf ebnem Feld!
Steig nicht zu hoch hinaus!
Am schönsten sieht die Welt
Von halber Höhe aus.

세상의 지혜

평지에 머물지 마라!
너무 높이 오르지도 마라!
중간 높이에 있을 때
세상은 가장 아름답게 보인다.

Das Sprichwort spricht

Scharf und milde, grob und fein,

Vertraut und seltsam, schmutzig und rein,

Der Narren und Weisen Stelldichein:

Dies alles bin ich, will ich sein,

Taube zugleich, Schlange und Schwein!

속담은 말한다

날카롭고 부드럽게, 거칠고 섬세하게,
친숙하고 기이하게, 더럽고 깨끗하게,
바로 바보들과 현자들의 밀회:
이 모든 것이 나이고, 그렇게 되고 싶다,
비둘기이면서 뱀 그리고 돼지가!

Mann und Weib

"Raub dir das Weib, für das dein Herze fühlt!" —
So denkt der Mann; das Weib raubt nicht, es stiehlt.

남자와 여자

"너의 심장을 뛰게 하는 여자를 빼앗아라!"
남자는 생각한다. 반면 여자는 빼앗지 않고 훔친다.

Der Wandrer

"Kein Pfad mehr! Abgrund rings und Totenstille!" —
So wolltest du's! Vom Pfade wich dein Wille!
Nun, Wandrer, gilt's! Nun blicke kalt und klar!
Verloren bist du, glaubst du — an Gefahr.

방랑자

"더 이상 길도 없다! 주위엔 심연과 죽음 같은 정적뿐!"
너는 그걸 원했다! 너의 의지는 길에서 벗어났다!
자, 방랑자여, 잘했다! 이제 차갑고 맑게 바라보라!
너는 길을 잃었으니 네가 의지할 것은 위험뿐이다.[16]

Meinem Leser

Ein gut Gebiß und einen guten Magen —
Dies wünsch ich dir!
Und hast du erst mein Buch vertragen,
Verträgst du dich gewiß mit mir!

나의 독자에게

훌륭한 치아와 훌륭한 위(胃),
이것을 나는 그대에게 바란다!
먼저 그대가 내 책을 잘 소화해야,
나와 뜻을 함께할 수 있으니!

Die Feder kritzelt

Die Feder kritzelt: Hölle das!

Bin ich verdammt zum Kritzeln-Müssen? ——

So greif ich kühn zum Tintenfaß

Und schreib mit dicken Tintenflüssen.

Wie läuft das hin, so voll, so breit!

Wie glückt mir alles, wie ich's treibe!

Zwar fehlt der Schrift die Deutlichkeit ——

Was tut's? Wer liest denn, was ich schreibe?

펜으로 끼적이다

펜으로 끼적인다. 에라, 그딴 것 다 관둬라!
나는 이렇게 펜으로 끼적일 팔자인가?
나는 대담하게 잉크병을 움켜쥐고
잉크를 철철 흘리면서 쓴다.
아주 가득하게 아주 넓게 굴러간다!
내가 하는 대로 잘 되어가는구나!
글씨가 뚜렷하게 구분되지 않지만,
무슨 상관이랴? 내가 쓴 글을 누가 읽겠는가?

5부

포겔프라이[17] 왕자의 노래(1887)

Lieder des Prinzen Vogelfrei

An Goethe

Das Unvergängliche
Ist nur dein Gleichnis!
Gott, der Verfängliche,
Ist Dichter-Erschleichnis…

Welt-Rad, das rollende,
Streift Ziel auf Ziel:
Not —— nennt's der Grollende,
Der Narr nennt's —— Spiel…

Welt-Spiel, das herrische
Mischt Sein und Schein: ——
Das Ewig-Närrische
Mischt *uns* —— hinein!…

괴테에게

무상하지 않은 것은
당신의 비유뿐이다![18]
위험한 존재, 신은
시인의 사취물이다……[19]

세계의 바퀴는 구르며
목표들을 스치고 스친다,[20]
불평자는 그것을 고통이라 하고,
바보는 그것을 유희라 한다……

당당한 세계의 유희는
존재와 가상을 뒤섞는다.
영원히 바보스러운 것이
우리를 거기에 섞어 넣는다![21]

Dichters Berufung

Als ich jüngst, mich zu erquicken,
Unter dunklen Bäumen saß,
Hört ich ticken, leise ticken,
Zierlich, wie nach Takt und Maß.
Böse wurd ich, zog Gesichter, —
Endlich aber gab ich nach,
Bis ich gar, gleich einem Dichter,
Selber mit im Ticktack sprach.

Wie mir so im Verse-Machen
Silb um Silb' ihr Hopsa sprang,
Mußt ich plötzlich lachen, lachen
Eine Viertelstunde lang.
Du ein Dichter? Du ein Dichter?
Steht's mit deinem Kopf so schlecht?
—— "Ja, mein Herr, Sie sind ein Dichter"
Achselzuckt der Vogel Specht.

Wessen harr ich hier im Busche?
Wem doch laur' ich Räuber auf?
Ist's ein Spruch? Ein Bild? Im Husche
Sitzt mein Reim ihm hintendrauf.

시인의 소명[22]

얼마 전 잠시 기운을 차리려고
짙은 나무숲 그늘에 앉아 있는데,
딱딱, 나지막이 딱딱거리는 소리가
박자를 맞춘 듯 앙증맞게 들려왔다.
나는 화가 나서 얼굴을 찌푸렸다,
그러나 결국 거기에 굴복하여 나는
마치 시인이 된 것처럼 심지어
스스로 딱딱 소리에 맞춰 말을 했다.

그렇게 시처럼 말하면서
한 음절 한 음절 깡충깡충 뛰다 보니
갑자기 웃음이 터졌다, 나는
터지는 웃음을 한동안 참지 못했다.
네가 시인이냐? 네가 시인이냐?
머리가 어떻게 된 건 아니겠지?
──"맞아요, 나리, 당신은 시인이죠."
딱따구리는 어깨를 으쓱인다.

나는 이 숲에서 뭘 기다리는 거지?
강도처럼 누구를 노리는 걸까?
시인가? 그림인가? 나의 운(韻)은
얼른 그것의 뒤에 가서 따라붙는다.

Was nur schlüpft und hüpft, gleich sticht der
Dichter sich's zum Vers zurecht.
—— "Ja, mein Herr, Sie sind ein Dichter"
Achselzuckt der Vogel Specht.

Reime, mein ich, sind wie Pfeile?
Wie das zappelt, zittert, springt,
Wenn der Pfeil in edle Teile
Des Lazerten-Leibchens dringt!
Ach, ihr sterbt dran, arme Wichter,
Oder taumelt wie bezecht!
—— "Ja, mein Herr, Sie sind ein Dichter"
Achselzuckt der Vogel Specht.

Schiefe Sprüchlein voller Eile,
Trunkne Wörtlein, wie sich's drängt!
Bis ihr alle, Zeil an Zeile,
An der Ticktack-Kette hängt.
Und es gibt grausam Gelichter,
Das dies —— freut? Sind Dichter —— schlecht?
—— "Ja, mein Herr, Sie sind ein Dichter"
Achselzuckt der Vogel Specht.

깡충 뛰어 빠져나가는 것을
시인은 곧장 시 속에 꽂아 넣는다.
— "맞아요, 나리, 당신은 시인이죠."
딱따구리는 어깨를 으쓱인다.

운이란 화살과 같은 것이 아닐까?
화살이 도마뱀 몸뚱이의 고귀한
부분을 꿰뚫을 때의 그 모습,
얼마나 버둥대며 떨며 뛰어오르는가?
아, 가련한 것들아, 너희는 그렇게 죽거나,
아니면 술에 취한 듯 비틀거린다!
— "맞아요, 나리, 당신은 시인이죠."
딱따구리는 어깨를 으쓱인다.

성급함 가득한 비뚤어진 말들,
취한 낱말들이 나를 재촉한다!
너희 모두가 한 행 두 행 줄을
맞추어 딱딱 사슬에 묶일 때까지.
그리고 정말 몹쓸 불량배가 있어.
그들은 이게 즐겁나? 시인들은 나쁜가?
— "맞아요, 나리, 당신은 시인이죠."
딱따구리는 어깨를 으쓱인다.

Höhnst du, Vogel? Willst du scherzen?

Steht's mit meinem Kopf schon schlimm,

Schlimmer stünd's mit meinem Herzen?

Fürchte, fürchte meinen Grimm! ——

Doch der Dichter —— Reime flicht er

Selbst im Grimm noch schlecht und recht.

—— "Ja, mein Herr, Sie sind ein Dichter"

Achselzuckt der Vogel Specht.

새야, 비웃는 거냐? 농담하는 거냐?
내 머리가 벌써 어떻게 된 걸까,
나의 심장은 상태가 더 나쁜 걸까?
조심해라, 조심해, 나의 분노를!
하지만 시인은 ― 분노 속에서도
운을 잘도 꿰어 맞춘다.
― "맞아요, 나리, 당신은 시인이죠."
딱따구리는 어깨를 으쓱인다.

Im Süden

So häng ich denn auf krummem Aste
Und schaukle meine Müdigkeit.
Ein Vogel lud mich her zu Gaste,
Ein Vogelnest ist's, drin ich raste.
Wo bin ich doch? Ach, weit! Ach, weit!

Das weiße Meer liegt eingeschlafen,
Und purpurn steht ein Segel drauf.
Fels, Feigenbäume, Turm und Hafen,
Idylle rings, Geblök von Schafen, —
Unschuld des Südens, nimm mich auf!

Nur Schritt für Schritt — das ist kein Leben,
Stets Bein vor Bein macht deutsch und schwer.
Ich hieß den Wind mich aufwärts heben,
Ich lernte mit den Vögeln schweben, —
Nach Süden flog ich übers Meer.

Vernunft! Verdrießliches Geschäfte!
Das bringt uns allzubald ans Ziel!
Im Fliegen lernt ich, was mich äffte, —
Schon fühl ich Mut und Blut und Säfte

남국에서

나는 굽은 나뭇가지에 매달려
피곤한 몸을 흔들고 있다.
한 마리 새가 이곳에 나를 초대했다,
내가 쉬고 있는 곳은 새 둥지이다.
여기가 어디지? 먼 곳! 먼 곳이야!

하얀 바다는 잠들어 있고,
바다에는 붉은 돛이 하나 떠 있다.
바위, 무화과나무들, 탑과 항구,
평화로운 전경, 양떼 울음소리, ─
남국의 순수함이여, 나를 받아 다오!

오직 한 발 두 발 ─ 그건 삶이 아니다,
한 걸음씩 내딛는 건 독일적이라 힘들다.
나는 바람에게 나를 들어 올리라 명했고,
나는 새들과 함께 나는 법을 익혔다.
나는 바다 위를 날아 남국에 왔다.

이성이라니! 끔찍한 짓거리다!
그건 곧장 목표만 생각하게 하지!
날면서 나는 바보가 되는 법을 익혔다,
벌써 새로운 삶, 새로운 놀이를 향한

Zu neuem Leben, neuem Spiel…

Einsam zu denken nenn ich weise,
Doch einsam singen —— wäre dumm!
So hört ein Lied zu eurem Preise
Und setzt euch still um mich im Kreise,
Ihr schlimmen Vögelchen, herum!

So jung, so falsch, so umgetrieben
Scheint ganz ihr mir gemacht zum Lieben
Und jedem schönen Zeitvertreib!
Im Norden —— ich gesteh's mit Zaudern ——
Liebt ich ein Weibchen, alt zum Schaudern:
"Die Wahrheit" hieß dies alte Weib…

용기와 피와 기운이 느껴진다……

고독하게 사유하는 것은 현명한 것,
하지만 고독하게 노래하는 건 멍청한 것!
그러니 너희를 칭송하는 노래를 들어라,
내 주위를 빙 둘러싸고 앉아라,
너희 고약한 작은 새들아!

그리 젊고, 아무렇게나 제멋대로이니
너희는 나를 사랑하기 위해, 그리고 나와
함께 멋진 시간을 보내도록 생겨난 것 같다,
북쪽에서 ─ 주저하는 마음으로 고백건대 ─ 나는
한 여인을 사랑했다, 끔찍할 만큼 늙은 여자를.
'진리', 그것이 그 노파의 이름이었다.

Die fromme Beppa

Solang noch hübsch mein Leibchen,
Lohnt sich's schon, fromm zu sein.
Man weiß, Gott liebt die Weibchen,
Die hübschen obendrein.
Er wird's dem armen Mönchlein
Gewißlich gern verzeihn,
Daß er, gleich manchem Mönchlein,
So gern will bei mir sein.

Kein grauer Kirchenvater!
Nein, jung noch und oft rot,
Oft trotz dem grausten Kater
Voll Eifersucht und Not.
Ich liebe nicht die Greise,
Er liebt die Alten nicht:
Wie wunderlich und weise
Hat Gott dies eingericht!

Die Kirche weiß zu leben,
Sie prüft Herz und Gesicht.
Stets will sie mir vergeben, —
Ja, wer vergibt mir nicht!

경건한 베파[23]

나의 몸이 아직 아리따운 동안엔
깊은 신앙을 갖는 것이 좋겠죠.
하느님이 여자들을 사랑한다는 건 다 알죠,
특히 예쁜 여자들을 사랑한다는 것을.
하느님은 그 불쌍한 수도승에게
기꺼이 허락해 주실 거예요,
그 수도승이 다른 수도승들처럼
내 곁에 와서 머무는 것을요.

머리 희끗한 교부가 아니랍니다!
아니지요, 아직 젊고 얼굴도 붉히죠,
나의 늙다리 수고양이만 봐도
질투심과 조바심을 느낀답니다.
나는 노인들을 사랑하지 않아요,
그도 노파들을 사랑하지 않아요.
얼마나 멋지고 현명한가요,
하느님이 이렇게 해 놓으신 것이!

교회는 살아가는 법을 알아요,
교회는 마음과 얼굴을 살펴지요.
교회는 늘 나를 용서해 줘요,
그래요, 누가 나를 용서 않겠어요!

Man lispelt mit dem Mündchen,

Man knixt und geht hinaus,

Und mit dem neuen Sündchen

Löscht man das alte aus.

Gelobt sei Gott auf Erden,

Der hübsche Mädchen liebt

Und derlei Herzbeschwerden

Sich selber gern vergiebt.

Solang noch hübsch mein Leibchen,

Lohnt sich's schon fromm zu sein:

Als altes Wackelweibchen

Mag mich der Teufel frein!

작은 입으로 속삭이듯 말하고,
무릎을 꿇고 있다가 나가는 거죠,
그리고 새로운 죄로
과거의 죄를 지워 버리는 거죠.

지상의 하느님을 찬양합니다,
그분은 예쁜 소녀들을 사랑하여
그들 마음의 짐을 기꺼이
모두 덜어 주시니까요.
나의 몸이 아직 어여쁜 동안엔
깊은 신앙을 갖는 것이 좋겠죠.
비틀대는 노파가 되면
악마나 내게 청혼하겠지요!

Der geheimnisvolle Nachen

Gestern nachts, als alles schlief,
Kaum der Wind mit ungewissen
Seufzern durch die Gassen lief,
Gab mir Ruhe nicht das Kissen,
Noch der Mohn, noch, was sonst tief
Schlafen macht, — ein gut Gewissen.

Endlich schlug ich mir den Schlaf
Aus dem Sinn und lief zum Strande.
Mondhell war's und mild, ich traf
Mann und Kahn auf warmem Sande,
Schläfrig beide, Hirt und Schaf: —
Schläfrig stieß der Kahn vom Lande.

Eine Stunde, leicht auch zwei,
Oder war's ein Jahr? — da sanken
Plötzlich mir Sinn und Gedanken
In ein ewges Einerlei,
Und ein Abgrund ohne Schranken
Tat sich auf: — da war's vorbei!

신비스러운 나룻배[24]

어젯밤, 세상이 모두 잠들었을 때,
알 수 없는 한숨을 내쉬며
골목을 누비던 바람결도 없을 때,
베개도 내게 안식을 주지 못했다,
또한 양귀비도, 그리고 평소 내게
깊은 잠을 선사하던 깨끗한 양심도.

마침내 나는 잠자려던 생각을
털어 내고 해변으로 달려갔다.
달빛이 밝고 온화했다, 따스한
백사장에서 남자와 나룻배와 마주쳤다.
둘은 졸았다, 목동과 양처럼.
졸면서 나룻배는 뭍에서 떠났다.

한 시간 혹은 두 시간이 흘렀을까,
아니면 일 년이 흘렀을까? 그때
갑자기 나의 감각과 생각이
영원히 하나가 되어 가라앉았다,
그리고 끝 간 데 없는 심연이
열렸다. 그리고 장면은 끝났다!

—— Morgen kam: auf schwarzen Tiefen

steht ein Kahn und ruht und ruht…

Was geschah? so rief's, so riefen

Hundert bald: was gab es? Blut? —— ——

Nichts geschah! Wir schliefen, schliefen

Alle —— ach, so gut! so gut!

── 아침이 찾아왔다. 검고 깊은 바다엔
나룻배 하나가 가만히 떠 있다……
무슨 일이 있었나? 나를 부르는 소리,
수백의 목소리. 무슨 일이 있었나? 피가? ──
아무 일도 없었다! 우리는 자고 또 잤다,
모두가 ── 아, 아주 잘! 아주 잘 잤다!

Liebeserklärung

(bei der aber der Dichter in eine Grube fiel —)

O Wunder! Fliegt er noch?

Er steigt empor, und seine Flügel ruhn?

Was hebt und trägt ihn doch?

Was ist ihm Ziel und Zug und Zügel nun?

Gleich Stern und Ewigkeit

Lebt er in Höhn jetzt, die das Leben flieht,

Mitleidig selbst dem Neid — :

Und hoch flog, wer ihn auch nur schweben sieht!

O Vogel Albatros!

Zur Höhe treibt's mit ewgem Triebe mich.

Ich dachte dein: da floß

Mir Trän um Träne, — ja, ich liebe dich!

사랑의 고백

(사랑을 고백하다 시인은 구렁텅이에 떨어졌다)

오, 기적이여! 그[25]는 아직도 날고 있나?
그는 높이 날아올라 날개를 펼치고 있나?
　무엇이 그를 들어 올려 데려가 주는가?
그에게 목표, 당김과 고삐는 무엇인가?

　별과 영원처럼 그는 이제
삶을 떠난 높은 하늘에서 살며,
　사람들의 질시마저 동정하고 있다.
높이 날아 떠가는 그의 모습 보인다!

　오, 알바트로스 새여!
영원한 충동이 나를 높은 곳으로 내몬다.
　나는 너를 생각했다. 그때 눈물이 철철
흘러내렸다. 그래, 나는 너를 사랑한다!

"Mein Glück!"

Die Tauben von San Marco seh ich wieder:
Still ist der Platz, Vormittag ruht darauf.
In sanfter Kühle schick ich müßig Lieder
Gleich Taubenschwärmen in das Blau hinauf —
　　Und locke sie zurück,
Noch einen Reim zu hängen ins Gefieder
　　— mein Glück! Mein Glück!

Du stilles Himmels-Dach, blau-licht, von Seide,
Wie schwebst du schirmend ob des bunten Baus,
Den ich — was sag ich? — liebe, fürchte, *neide*...
Die Seele wahrlich tränk ich gern ihm aus!
　　Gäb ich sie je zurück? —
Nein, still davon, du Augen-Wunderweide!
　　— mein Glück! Mein Glück!

Du strenger Turm, mit welchem Löwendrange
Stiegst du empor hier, siegreich, sonder Müh!
Du überklingst den Platz mit tiefem Klange — :
Französisch wärst du sein *accent aigu?*
　　Blieb ich gleich dir zurück,

"나의 행복!"

산마르코 광장의 비둘기들을 다시 본다.
광장은 고요하고, 오전의 시간이 거기 쉬고 있다.
부드럽고 서늘한 바람 속에 한가롭게 나는,
창공으로 날아가는 비둘기들[26]처럼 노래를 날렸다가
　　다시 불러들인다,
그 깃털에 한 가락 더 붙이려고
— 나의 행복! 나의 행복!

너 비단처럼 곱고 고요한 연푸른 하늘 지붕이여,
너는 빛나는 건물들을 감싸며 떠 있다,
그 건물들을 — 뭐라 말할까? — 나 사랑하고 두려워하고
　　부러워한다……
그 영혼을 정말 다 마셔 버리고 싶다!
　　언제 다시 그 영혼을 돌려줄까?
아니다, 그런 말 하지 말자, 너 눈을 위한 놀라운 즐거움이여!
— 나의 행복! 나의 행복!

너 사자의 강인함을 지닌 힘찬 종탑이여,
너는 힘들이지 않고 치솟아 승리를 뽐내는구나!
너는 깊은 울림으로 광장에 울려 퍼진다 —
너는 프랑스어 악센트[27]를 가졌나 보다,
　　나 다시 네게로 돌아오리라,

Ich wüßte, aus welch seidenweichem Zwange…
— mein Glück! Mein Glück!

Fort, fort Musik! Laß erst die Schatten dunkeln
Und wachsen bis zur braunen lauen Nacht!
Zum Tone ist's zu früh am Tag, noch funkeln
Die Gold-Zieraten nicht in Rosen-Pracht,
  Noch blieb viel Tag zurück,
Viel Tag für Dichten, Schleichen, Einsam-Munkeln
— mein Glück! Mein Glück!

비단처럼 고운 강요가 그렇게 하라 하니……
— 나의 행복! 나의 행복!

가라, 가라, 음악이여! 먼저 그림자를 짙게 하여
갈색의 부드러운 밤으로 자라게 하라![28]
소리를 내기엔 낮은 너무 이르다,
황금 장식들은 아직 장밋빛을 뿜어내지 않는다,[29]
  아직 낮이 많이 남은 까닭이다,
시 짓고 뭔가 도모하고 홀로 소곤댈 많은 낮이.
— 나의 행복! 나의 행복!

Sils-Maria

Hier saß ich, wartend, wartend, — doch auf nichts,
Jenseits von Gut und Böse, bald des Lichts
Genießend, bald des Schattens, ganz nur Spiel,
Ganz See, ganz Mittag, ganz Zeit ohne Ziel.
    Da, plötzlich, Freundin! wurde eins zu zwei —
— Und Zarathustra ging an mir vorbei…

실스마리아[30]

나는 여기 앉아 있었다, 기다리며, 기다리며 ─ 뭘 기다린
    것도 아니면서,
선과 악의 피안에서, 때로는 빛을 즐기고,
때로는 그림자를 즐기면서, 온통 놀이,
온통 바다, 온통 한낮, 온통 목표도 없는 시간뿐이었다.
    그때, 갑자기, 벗이여! 하나가 둘이 되었다[31] ─
─ 그리고 자라투스트라가 나를 찾아온 것이다……

An den Mistral

Ein Tanzlied

Mistral-Wind, du Wolken-Jäger,
Trübsal-Mörder, Himmels-Feger,
Brausender, wie lieb ich dich!
Sind wir zwei nicht eines Schoßes
Erstlingsgabe, eines Loses
Vorbestimmte ewiglich?

Hier auf glatten Felsenwegen
Lauf ich tanzend dir entgegen,
Tanzend, wie du pfeifst und singst:
Der du ohne Schiff und Ruder
Als der Freiheit freister Bruder
Über wilde Meere springst.

Kaum erwacht, hört ich dein Rufen,
Stürmte zu den Felsenstufen,
Hin zur gelben Wand am Meer.
Heil! Da kamst du schon gleich hellen
Diamantnen Stromesschnellen
Sieghaft von den Bergen her.

미스트랄[32]에게

무도곡

미스트랄아, 너 구름 사냥꾼아,
우울의 살인자, 하늘의 빗자루여,
포효자여, 나는 너를 사랑한다!
우리 둘은 한 배에서 태어난
첫 선물이 아니던가? 영원히
한 운명으로 예정된 존재들이 아닌가?

여기 매끈한 바윗길들을 따라
나는 춤추며 네게로 달려간다,
너의 휘파람과 노래에 맞춰 춤추며,
너는 배도 노도 없이
자유의 가장 자유로운 형제로서
거친 바다들을 건너뛴다.

잠에서 깨자 네 외침을 듣고
나는 바위계단으로 달려갔다,
바닷가의 노란 암벽을 향해.
만세! 너는 다이아몬드의
맑은 여울 빛처럼 산으로부터
개선하듯이 다가왔다.

Auf den ebnen Himmels-Tennen

Sah ich deine Rosse rennen,

Sah den Wagen, der dich trägt,

Sah die Hand dir selber zücken,

Wenn sie auf der Rosse Rücken

Blitzesgleich die Geißel schlägt, ——

Sah dich aus dem Wagen springen,

Schneller dich hinabzuschwingen,

Sah dich wie zum Pfeil verkürzt

Senkrecht in die Tiefe stoßen, ——

Wie ein Goldstrahl durch die Rosen

Erster Morgenröten stürzt.

Tanze nun auf tausend Rücken,

Wellen-Rücken, Wellen-Tücken ——

Heil, wer *neue* Tänze schafft!

Tanzen wir in tausend Weisen,

Frei —— sei *unsre* Kunst geheißen,

Fröhlich —— *unsre* Wissenschaft!

Raffen wir von jeder Blume

평평한 하늘마루를 따라
너의 준마가 달리는 것을 보았다,
너를 태운 마차를 보았고,
잽싸게 빼 드는 네 손을 보았다,
준마의 등짝을 벼락처럼
채찍으로 때리는 손을, ─

마차에서 뛰어내리는 너를 보았다,
순식간에 뛰어내리는 너를 보았다,
마치 화살처럼 몸을 움츠렸다가
심연으로 수직 낙하하는 것을 보았다,
한 줄기 황금빛이, 첫새벽의 붉은
노을빛이 장미들 사이로 돌진하듯.

수천의 등을 타고 춤을 추어라,
파도의 등, 파도의 심술을 타고 ─
만세, 새로운 춤을 창안하는 자여!
우리 수천의 방식으로 춤을 추자,
자유로워라 ─ 우리의 예술이여,
유쾌하여라 ─ 우리의 학문이여!

모든 꽃에서 우리의 영광을 위해

Eine Blüte uns zum Ruhme
Und zwei Blätter noch zum Kranz!
Tanzen wir gleich Troubadouren
Zwischen Heiligen und Huren,
Zwischen Gott und Welt den Tanz!

Wer nicht tanzen kann mit Winden,
Wer sich wickeln muß mit Binden,
Angebunden, Krüppel-Greis,
Wer da gleicht den Heuchel-Hänsen,
Ehren-Tölpeln, Tugend-Gänsen,
Fort aus unsrem Paradeis!

Wirbeln wir den Staub der Straßen
Allen Kranken in die Nasen,
Scheuchen wir die Kranken-Brut!
Lösen wir die ganze Küste
Von dem Odem dürrer Brüste,
Von den Augen ohne Mut!

Jagen wir die Himmels-Trüber,
Welten-Schwärzer, Wolken-Schieber,

꽃잎을 하나씩 따고
잎 두 장을 따 화환을 묶자!
중세 음유시인들처럼 춤을 추자,
성자들과 창녀들 사이에서,
신과 세상 사이에서 춤을 추자.

바람과 함께 춤추지 못하는 자,
끈으로 묶여 마땅한 자,
묶인 자, 불구의 노인,
위선에 찬 멍청이들, 명예만 중시하는
바보들, 덕을 칭송하는 등신들,
우리의 낙원에서 모두 꺼져라!

거리의 먼지를 소용돌이치게 하여
모든 병자들의 콧구멍에 집어넣어
병자들 패거리를 몽땅 몰아내자!
우리의 모든 해안을 해방하자,
황무지 같은 가슴의 숨결로부터,
용기를 잃은 눈동자들로부터!

몰아내자, 하늘을 침울케 하는 자들을,
세상을 검게 하는 자들, 구름을 미는 자들을,

Hellen wir das Himmelreich!

Brausen wir... o aller freien

Geister Geist, mit dir zu zweien

Braust mein Glück dem Sturme gleich. ——

—— Und daß ewig das Gedächtnis

Solchen Glücks, nimm sein Vermächtnis,

Nimm den *Kranz* hier mit hinauf!

Wirf ihn höher, ferner, weiter,

Stürm empor die Himmelsleiter,

Häng ihn —— an den Sternen auf!

우리 하늘나라를 밝게 만들자!
우리 포효하자…… 오, 모든 자유로운
사람들의 정신이여, 너와 함께하면
나의 행복은 폭풍처럼 **포효한다**.

그와 같은 행복의 기억이
영원하도록, 그 유산을 받아라,
여기 이 **화환**을 높이 받들라!
화환을 더 높이 멀리멀리 던져라,
하늘의 사다리를 타고 치솟아,
화환을 걸어라, 별들에게!

6부

디오니소스 송가(1888)

Dionysos-Dithyramben

Nur Narr! Nur Dichter!

Bei abgehellter Luft,

wenn schon des Taus Tröstung

zur Erde niederquillt,

unsichtbar, auch ungehört

— denn zartes Schuhwerk trägt

der Tröster Tau gleich allen Trostmilden —

gedenkst du da, gedenkst du, heißes Herz,

wie einst du durstetest,

nach himmlischen Tränen und Taugeträufel

versengt und müde durstetest,

dieweil auf gelben Graspfaden

boshaft abendliche Sonnenblicke

durch schwarze Bäume um dich liefen,

blendende Sonnen-Glutblicke, schadenfrohe.

"Der *Wahrheit* Freier — du?" so höhnten sie —

"Nein! nur ein Dichter!

ein Tier, ein listiges, raubendes, schleichendes,

das lügen muß,

das wissentlich, willentlich lügen muß,

nach Beute lüstern,

bunt verlarvt,

바보여! 시인이여!³³

아직 희미한 대기 속
이슬의 위안이 벌써
— 세상에서 가장 부드러운 위안자인 양
이슬은 고요한 신발을 신고 있어 —
보이지 않게, 들리지 않게
땅으로 졸졸 떨어질 때,
그대 뜨거운 심장이여, 그대는
지난날 하늘의 눈물과 꼭 필요한 이슬방울을
햇볕에 그을리고 피곤한 모습으로
애타게 목말라하던 일을 기억하는가,
그대는 기억하는가, 누렇게 물든 풀길에
심술궂은 저녁 햇살의 눈길이
검은 나무들 사이로 뛰어와 그대를 에워싸던 일을,
눈부신 태양의 타는 눈길이, 음흉한 눈길이.

"진리의 청혼자인가, 그대는?" 그렇게 그들은 놀렸다.
"아니다! 그저 시인일 뿐이다!
간교하고 약탈을 일삼는 잠행성 짐승이다,
거짓말을 해야 하는
알면서 고의로 속여야 하는
먹이를 노리는 한 마리 짐승이다.
온갖 색깔로 위장하고

sich selbst zur Larve,

sich selbst zur Beute,

das — der Wahrheit Freier?...

Nur Narr! nur Dichter!

Nur Buntes redend,

aus Narrenlarven bunt herausredend,

herumsteigend auf lügnerischen Wortbrücken,

auf Lügen-Regenbogen

zwischen falschen Himmeln

herumschweifend, herumschleichend —

nur Narr! *nur* Dichter!...

Das — der Wahrheit Freier?...

Nicht still, starr, glatt, kalt,

zum Bilde worden,

zur Gottes-Säule,

nicht aufgestellt vor Tempeln,

eines Gottes Türwart:

nein! feindselig solchen Tugend-Standbildern,

in jeder Wildnis heimischer als in Tempeln,

voll Katzen-Mutwillens

durch jedes Fenster springend

스스로 가면이 되기도 하고,
스스로 먹잇감이 되기도 하는,
짐승, 그대가 진리의 청혼자인가?……
바보요! 시인일 뿐이다!
색색가지를 이야기하면서,
바보의 가면을 쓰고 마구 지껄이면서,
거짓말의 다리를 타고 오르면서,
거짓말의 무지개 위,
가짜 하늘들 사이를
거닐면서, 기어 다니면서 ──
바보여! 시인이여!

그대가 ── 진리의 청혼자인가?
조용히, 가만히, 매끄럽게, 차갑게,
형상이 되지 않고,
신의 기둥이 되지 않고,
신전 앞에 세워진,
신의 문지기도 아니다.
그렇다! 그러한 미덕의 입상을 증오하며,
사원보다는 거친 황야에서 더 안락감을 느끼며,
고양이와 같은 방종으로 가득 차,
모든 창문으로 뛰어들며,

husch! in jeden Zufall,

jedem Urwalde zuschnüflelnd,

daß du in Urwäldern

unter buntzottigen Raubtieren

sündlich gesund und schön und bunt liefest,

mit lüsternen Lefzen,

selig-höhnisch, selig-höllisch, selig-blutgierig,

raubend, schleichend, *lügend* liefest...

Oder dem Adler gleich, der lange,

lange starr in Abgründe blickt,

in *seine* Abgründe...

—— o wie sie sich hier hinab,

hinunter, hinein,

in immer tiefere Tiefen ringeln! ——

Dann,

plötzlich,

geraden Flugs,

gezückten Zugs

auf *Lämmer* stoßen,

jach hinab, heißhungrig,

휙! 모든 우연 속으로,
모든 원초의 숲 냄새를 맡으며,
원초의 숲속에서
얼룩덜룩한 맹수들 사이에서
죄지어 건강하고, 멋지게, 다채롭게 뛰어다니며,
탐욕스런 입술을 하고,
즐거이 ─ 조롱하며, 즐거이 ─ 지옥 같고, 즐거이 피를
　　탐하며,
빼앗고, 잠행하며, 속이며 뛰어다녔다……

혹은 참으로 오랫동안 뚫어지게 심연을
자신의 심연을
응시하는 독수리처럼……
─ 오 그 양들이 여기 아래로,
아래로, 이 속으로,
점점 깊어 가는 이 계곡으로 둥글게 모이는구나!
그다음,
갑자기,
곧장 날개를 펼쳐,
단숨에
어린양들을 덮친다,
잽싸게 내려와, 굶주림에 불타,

nach Lämmern lüstern,

gram allen Lamms-Seelen,

grimmig gram allem, was blickt

tugendhaft, schafmäßig, krauswollig,

dumm, mit Lammsmilch-Wohlwollen…

Also

adlerhaft, pantherhaft

sind des Dichters Sehnsüchte,

sind *deine* Sehnsüchte unter tausend Larven,

du Narr! du Dichter!…

Der du den Menschen schautest

so *Gott* als *Schaf* ——,

den Gott zerreißen im Menschen

wie das Schaf im Menschen

und zerreißend *lachen* ——

das, das ist deine Seligkeit,

eines Panthers und Adlers Seligkeit,

eines Dichters und Narren Seligkeit!"…

어린양들을 탐하며,
모든 양의 영혼에 원한을 남기고,
또 도덕적이고, 양과 같고, 곱슬곱슬한 양털 같고,
어리석고, 양의 젖처럼 자애롭게 보이는
모든 것에 지독한 원한을 남긴다……

그러므로
그대 시인의 동경은
독수리 같고, 표범 같고,
그대의 동경은 수천의 탈을 쓰고 있다,
그대 바보여! 그대 시인이여!……

그대는 사람들을 바라본다,
양 같은 신을 바라다본다 ── ,
사람들 가슴속의 신을,
사람들 가슴속의 양을 찢는다,
찢으며 웃는다 ──

그것, 그것이 그대의 기쁨이다,
표범의 기쁨이요 독수리의 기쁨이다,
시인과 바보의 기쁨이다!"……

Bei abgehellter Luft,

wenn schon des Monds Sichel

grün zwischen Purpurröten

und neidisch hinschleicht,

—— dem Tage feind,

mit jedem Schritte heimlich

an Rosen-Hängematten

hinsichelnd, bis sie sinken,

nachtabwärts blaß hinabsinken:

so sank ich selber einstmals

aus meinem Wahrheits-Wahnsinne,

aus meinen Tages-Sehnsüchten,

des Tages müde, krank vom Lichte,

—— sank abwärts, abendwärts, schattenwärts,

von einer Wahrheit

verbrannt und durstig

—— gedenkst du noch, gedenkst du, heißes Herz,

wie da du durstetest? ——

daß ich verbannt sei

von aller Wahrheit!

Nur Narr! *Nur* Dichter!...

아직은 희미한 대기 속,
낫 모양의 달이
진홍빛 노을 사이를 푸른빛으로,
시기하며 서서히 흘러갈 때,
── 낮에 적개심을 품고,
발자국마다 소리를 죽여
장미 ── 그물침대 곁을 살그머니 지나,
완전히 떨어질 때,
밤을 향해 창백하게 떨어질 때,
나도 언젠가 함께 떨어졌다,
나의 진리의 광기로부터,
나의 낮의 동경으로부터,
낮에 지치고, 빛에 병들어,
아래로, 저녁을 향해, 그림자를 향해 떨어졌다,
하나의 진리로
애타게 목이 탔다
── 그대는 아직도 기억하는가, 뜨거운 심장이여,
그때 그대가 목말라하던 것을?
내가 모든 진리로부터
추방당한 일을!
바보여! 시인이여!······

Letzter Wille

So sterben,

wie ich ihn einst sterben sah — ,
den Freund, der Blitze und Blicke
göttlich in meine dunkle Jugend warf:
— mutwillig und tief,
in der Schlacht vein Tänzer — ,

unter Kriegern der Heiterste,
unter Siegern der Schwerste,
auf seinem Schicksal ein Schicksal stehend,
hart, nachdenklich, vordenklich — :

erzitternd darob, *daß* er siegte,
jauchzend darüber, dass er *sterbend* siegte — :

befehlend, indem er starb
— und er befahl, daß man *vernichte*…

So sterben,
wie ich ihn einst sterben sah:
siegend, *vernichtend*…

유언[34]

그렇게 죽고 싶다,
언젠가 내 눈으로 보았던 친구의 죽음처럼,
그 친구는 나의 어두운 청춘 시절을 향해
신처럼 번개와 눈길을 던졌지.
당당하고 깊은 눈길을,
전쟁터에서는 춤꾼 같았고 ― ,

전사들 가운데 가장 용감했으며,
승자들 가운데 가장 괴로워했다,
자신의 운명 위에 또 하나의 운명을 놓아가며,
가혹하게, 뒤를 생각하고, 앞을 생각하며 ― :

승리를 거둔 것에 전율하고,
죽어 가며 승리한 것에 환호하며 ― :

죽어 가며 명령하면서,
― 파괴하라고 명령했다……

그렇게 죽고 싶다,
언젠가 내 눈으로 보았던 그의 죽음처럼,
승리하면서, 파괴하면서……

Zwischen Raubvögeln

Wer hier hinab will,

wie schnell

schluckt den die Tiefe!

—— Aber du, Zarathustra,

liebst den Abgrund noch,

tust der *Tanne* es gleich? ——

Die schlägt Wurzeln, wo

der Fels selbst schaudernd

zur Tiefe blickt ——,

die zögert an Abgründen,

wo alles rings

hinunter will:

zwischen der Ungeduld

wilden Gerölls, stürzenden Bachs

geduldig duldend, hart, schweigsam,

einsam…

Einsam!

Wer wagte es auch,

hier zu Gast zu sein,

dir Gast zu sein?…

맹금들 틈에서

이곳에서 내려가려는 자를,
너무나도 재빨리
그자를 심연은 삼켜 버린다!
그러나 너 자라투스트라는
여전히 심연을 사랑하는가,
너는 전나무와 같은 존재인가?

전나무는 뿌리를 뻗는다,
바위마저 몸서리치며
들여다보는 심연을 향해,
전나무는 주위의 모든 것이
밑으로 내려가려 하는
심연에 이르러 머뭇댄다,
조급하게 우당탕 흐르려는
냇물과 거친 자갈들 사이에서,
끈기 있게 참으며, 치열하게, 침묵하며,
고독하게……

고독하게!
이곳에 손님으로
올 자 대체 누구인가?
너의 손님이 될 자는?……

Ein Raubvogel vielleicht,

der hängt sich wohl

dem standhaften Dulder

schadenfroh ins Haar,

mit irrem Gelächter,

einem Raubvogel-Gelächter…

Wozu so standhaft?

— höhnt er grausam:

man muß Flügel haben, wenn man den

Abgrund liebt…

man muß nicht hängen bleiben,

wie du, Gehängter! —

O Zarathustra,

grausamster Nimrod!

Jüngst Jäger noch Gottes,

das Fangnetz aller Tugend,

der Pfeil des Bösen! —

Jetzt —

von dir selber erjagt,

deine eigene Beute,

아마도 맹금일 거다,
맹금은 아마도 의연한
인내자의 머리칼을
기분 좋게 움켜쥐고,
미친 듯이 웃음을 터뜨리리라,
맹금의 너털웃음을……

왜 그리 의연하냐?
맹금은 끔찍하게 비웃는다,
'심연을 사랑한다면
        날개를 가져야지……
그렇게 매달려 있으면 안 되지,
너처럼, 매달린 자여! ── '

오, 자라투스트라여,
무시무시한 수렵광[35]이여!
얼마 전까지만 해도 신의 사냥꾼,
모든 도덕을 잡는 그물,
악을 잡는 화살이었건만!
지금은 ──
너 자신에게 사냥을 당하고,
너 자신의 사냥감이고,

in dich selber eingebohrt…

Jetzt —

einsam mit dir,

zwiesam im eignen Wissen,

zwischen hundert Spiegeln

vor dir selber falsch,

zwischen hundert Erinnerungen

ungewiß,

an jeder Wunde müd,

an jedem Froste kalt,

in eignen Stricken gewürgt,

Selbstkenner!

Selbsthenker!

Was bandest du dich

mit dem Strick deiner Weisheit?

Was locktest du dich

ins Paradies der alten Schlange?

Was schlichst du dich ein

in *dich* — in *dich*?…

너 자신을 화살로 꿰뚫는다······

지금은 ─
너와 함께 혼자이며,
너 자신의 지식과 함께 둘이다,
수백의 거울들 사이에서
거기 비춘 네 모습은 거짓되고,
수백의 기억들 사이에서
불확실하고,
다친 상처로 지치고,
서리에 닿아 추위에 떨고,
자신의 끈에 목이 졸린다,
자신을 아는 자여!
자기를 처형한 자여!

어찌하여 너는 너 자신을
네 지혜의 끈으로 묶었느냐?
무엇이 너를 늙은 뱀의
낙원으로 유혹하였느냐?
어찌하여 너는 기어들어 가느냐,
네 안으로 ─ 네 안으로?

Ein Kranker nun,

der an Schlangengift krank ist;

ein Gefangner nun,

der das härteste Los zog:

im eignen Schachte

gebückt arbeitend,

in dich selber eingehöhlt,

dich selber angrabend,

unbehilflich,

steif,

ein Leichnam — ,

von hundert Lasten übertürmt,

von dir überlastet,

ein *Wissender!*

ein *Selbsterkenner!*

der *weise* Zarathustra!...

Du suchtest die schwerste Last:

da fandest du *dich* — ,

du wirfst dich nicht ab von dir...

Lauernd,

이제는 환자,
뱀의 독이 번져 병이 난 환자.
이제는 가혹하기 짝이 없는
운명을 택한 포로,
자신의 갱도 속에서
허리 구부리고 일하며
자기 자신의 굴을 뚫고,
자기 자신을 파묻는 자,
어쩔 도리가 없는,
빳빳하게 굳은,
시체,
수백의 무게에 짓눌리는,
스스로의 무게에 짓눌리는,
깨달은 자!
자신을 아는 자!
현명한 자라투스트라여!

너는 가장 무거운 짐을 찾아 나섰다.
그리하여 너는 너 자신을 발견했다 ─
너는 너 자신을 벗어던지지 않으리라⋯⋯

숨어서 엿보며,

kauernd,

einer, der schon nicht mehr aufrecht steht!

Du verwächst mir noch mit deinem Grabe,

verwachsener Geist!...

Und jüngst noch so stolz,

auf allen Stelzen deines Stolzes!

Jüngst noch der Einsiedler ohne Gott,

der Zweisiedler mit dem Teufel,

der scharlachne Prinz jedes Übermuts!...

Jetzt ——

zwischen zwei Nichtse

eingekrümmt,

ein Fragezeichen,

ein müdes Rätsel ——

ein Rätsel für *Raubvögel*...

—— sie werden dich schon "lösen",

sie hungern schon nach deiner "Lösung",

sie flattern schon um dich, ihr Rätsel,

um dich, Gehenkter!...

O Zarathustra!...

쪼그리고서,
더 이상 똑바로 서지 못하는 사람,
너는 나를 네 무덤과 하나로 묶는다,
합생(合生)의 정신이여!⋯⋯

얼마 전까지만 해도 너는 자만했다,
언제나 네 자만의 죽마를 타고서!
얼마 전까지만 해도 너는 신 없는 은자였다,
악마와 단둘이 살던 자,
온갖 오만의 진홍색 왕자였다!⋯⋯

지금은 —
두 개의 무(無) 사이에
꽂혀 있는,
하나의 의문후보,
지친 수수께끼 —
맹금들을 위한 수수께끼⋯⋯
— 맹금들은 너를 '풀' 것이다,
그들은 너를 '푸는 일'에 굶주려 있다,
그들은 수수께끼인 네 주변에서 퍼덕인다,
너, 처형된 자여!
오, 자라투스트라여!⋯⋯

Selbstkenner!...
Selbsthenker!...

자신을 아는 자여!……

자기를 처형한 자여!……

Die Sonne sinkt

1

Nicht lange durstest du noch,
  verbranntes Herz!
Verheißung ist in der Luft,
aus unbekannten Mündern bläst mich's an,
  —— die große Kühle kommt...

Meine Sonne stand heiß über mir im Mittage:
seid mir gegrüßt, daß ihr kommt,
  ihr plötzlichen Winde,
ihr kühlen Geister des Nachmittags!

Die Luft geht fremd und rein.
Schielt nicht mit schiefem
  Verführerblick
die Nacht mich an?...
Bleib stark, mein tapfres Herz!
Frag nicht: warum? ——

해가 진다

1
너의 갈증은 그리 오래가지 않으리라,
　　　　타 버린 심장이여!
희망은 대기 중에 떠돌고,
알지 못할 입들로부터 내게 불어온다,
　　　　── 위대한 서늘함이 다가온다……

나의 해는 정오에 내 머리 위에서 뜨겁게 빛났다,
나의 인사를 받으라, 오는구나,
　　　　너희 갑작스런 바람아,
너희 오후의 서늘한 정령이여!

대기는 낯설고 맑게 흐른다.
삐딱한 유혹자의 눈길로
　　　　밤은 나를
쩨려보지 않는가?……
강인함을 가져라, 나의 용감한 심장이여!
왜냐고 묻지 마라 ──

2
Tag meines Lebens!
die Sonne sinkt.
Schon steht die glatte
    Flut vergüldet.
Warm atmet der Fels:
    schlief wohl zu Mittag
das Glück auf ihm seinen Mittagsschlaf? ——
    In grünen Lichtern
spielt Glück noch der braune Abgrund herauf.

Tag meines Lebens!
gen Abend geht's!
Schon glüht dein Auge
    halbgebrochen,
schon quillt deines Taus
    Tränengeträufel,
schon läuft still über weiße Meere
deiner Liebe Purpur,
deine letzte zögernde Seligkeit.

2
내 인생의 낮이여!
해가 진다.
벌써 부드러운 물결은
　　황금빛으로 반짝인다.
바위는 따스하게 숨을 쉰다.
　　정오에 행복은 어쩌면
바위 위에서 낮잠을 잤을까?
　　녹색의 빛살 속
갈색 심연 위에서는 여전히 행복이 떠돌고 있다.

내 인생의 낮이여!
저녁을 향해 간다!
벌써 너의 눈은
　　　게슴츠레한 빛을 보인다,
벌써 네 눈에서는
　　　눈물이 줄줄 떨어지고,
어느새 하얀 바다 위에는
네 보랏빛 사랑이 조용히 달리고 있다,
너의 머뭇대는 마지막 행복이.

3

Heiterkeit, güldene, komm!

    du des Todes

heimlichster, süßester Vorgenuß!

   — Lief ich zu rasch meines Wegs?

Jetzt erst, wo der Fuß müde ward,

    holt dein Blick mich noch ein,

    holt dein *Glück* mich noch ein.

Rings nur Welle und Spiel.

    Was je schwer war,

sank in blaue Vergessenheit —

müßig steht nun mein Kahn.

Sturm und Fahrt — wie verlernt er das!

    Wunsch und Hoffen ertrank,

    glatt liegt Seele und Meer.

Siebente Einsamkeit!

    Nie empfand ich

näher mir süße Sicherheit,

wärmer der Sonne Blick.

   — Glüht nicht das Eis meiner Gipfel noch?

3

유쾌함이여, 황금빛 유쾌함이여, 오라!
　　너 죽음의
가장 은밀하고 가장 달콤한 맛보기여!
나는 나의 길을 너무 서둘러 걸었나?
발이 지쳐 버린 지금에서야,
　　네 눈길은 나를 따라잡고,
　　네 행복은 나를 따라잡는다.

주위엔 파도의 유희뿐.
　　옛날에 힘들었던 것은,
이제 푸른 망각 속으로 가라앉았고,
나의 작은 배는 한가로이 떠 있다.
폭풍과 항해 — 나의 작은 배는 어찌 그것을 잊었나!
　　희망과 동경은 익사했고,
　　영혼과 바다엔 잔물결도 없다.

일곱 번째 고독이여!
　　내 달콤한 편안함을
이처럼 가까이서 느껴 본 적 없고,
이처럼 햇살을 따스하게 느껴 본 적 없다.
— 내 산정의 얼음은 아직도 반짝이는가?

Silbern, leicht, ein Fisch

schwimmt nun mein Nachen hinaus…

은빛으로, 가볍게, 한 마리 물고기
나의 작은 배가 바다를 향해 헤엄친다……

Klage der Ariadne

Wer wärmt mich, wer liebt mich noch?

Gebt heiße Hände!

gebt Herzens-Kohlenbecken!

Hingestreckt, schaudernd,

Halbtotem gleich, dem man die Füße wärmt,

geschüttelt ach! von unbekannten Fiebern,

zitternd vor spitzen eisigen Frostpfeilen,

von dir gejagt, Gedanke!

Unnennbarer! Verhüllter, Entsetzlicher!

Du Jäger hinter Wolken!

Darniedergeblitzt von dir,

du höhnisch Auge, das mich aus Dunklem anblickt!

So liege ich,

biege mich, winde mich, gequält

von allen ewigen Martern,

getroffen

von dir, grausamster Jäger,

du unbekannter —— *Gott...*

Triff tiefer!

Triff einmal noch!

Zerstich, zerstich dies Herz!

아리아드네[36]의 탄식

나를 따뜻하게 해 주는 이, 아직 날 사랑하는 이 누구인가?
　뜨거운 손을 다오!
　심장의 화로를 다오!
나 몸을 뻗은 채, 전율하면서,
사람들이 발을 녹여 주고 있는, 반쯤 죽은 사람처럼,
아! 미지의 열병에 몸을 떨며,
뽀족하고 차디찬 서리의 화살 앞에 떨면서,
　너에게 사냥을 당했다, 사상이여!
이름 없는 자! 복면을 한, 끔찍한 자여!
　너, 구름 뒤의 사냥꾼이여!
벼락처럼 나를 향해 떨어지는,
어둠 속에서 나를 지켜보는, 너, 조소 어린 눈빛이여!
　이렇게 나는 누워,
몸을 구부리고, 몸을 꼬고 있다,
온갖 영원한 고문들로 고통을 당하고,
　너에게 맞았다,
너, 잔인한 사냥꾼이여,
너 미지의 ─ 신이여……

더 깊이 맞춰라!
다시 한번 맞춰라!
이 심장을 산산조각 내라!

Was soll dies Martern

mit zähnestumpfen Pfeilen?

Was blickst du wieder,

der Menschen-Qual nicht müde,

mit schadenfrohen Götter-Blitz-Augen?

Nicht töten willst du,

nur martern, martern?

Wozu — *mich* martern,

du schadenfroher unbekannter Gott?

Haha!

du schleichst heran

bei solcher Mitternacht?...

Was willst du?

Sprich!

Du drängst mich, drückst mich,

Ha! schon viel zu nahe!

Du hörst mich atmen,

du behorchst mein Herz,

du Eifersüchtiger!

— worauf doch eifersüchtig?

Weg! Weg!

wozu die Leiter?

무딘 이빨의 화살로 하는
이딴 고문은 뭐냐?
무얼 또 쳐다보느냐,
인간의 고통에 아랑곳하지 않는,
그렇게 사악한 신들의 번개 같은 눈길로?
너는 죽이지는 않고
오로지 고문만 할 생각이냐?
왜 나를 고문하는가,
이 사악한 미지의 신이여?
하하!
너는 살금살금 다가오는가,
이런 한밤중에?……
뭘 원하는가?
말해 봐라!
너는 나를 밀치고, 나를 짓누른다,
이런! 이미 너무 가까워졌다!
너는 내가 숨 쉬는 소리를 듣고,
내 심장 소리에 귀 기울인다,
너, 질투의 화신아!
—— 대체 무엇을 질투하는가?
꺼져라! 꺼져라!
사다리는 뭐냐?

willst du *hinein,*

ins Herz, einsteigen,

in meine heimlichsten

Gedanken einsteigen?

Schamloser! Unbekannter! Dieb!

Was willst du dir erstehlen?

Was willst du dir erhorchen?

Was willst du dir erfoltern,

du Folterer

du —— Henker-Gott!

Oder soll ich, dem Hunde gleich,

vor dir mich wälzen?

Hingebend, begeistertaußermir

dir Liebe —— zuwedeln?

Umsonst!

Stich weiter!

Grausamster Stachel!

Kein Hund —— dein Wild nur bin ich,

grausamster Jäger!

deine stolzeste Gefangne,

du Räuber hinter Wolken…

Sprich endlich!

너는 내 안으로 들어오려 하는가,
내 마음속으로,
나의 지극히 은밀한
생각 속으로 들어오려 하는가?
파렴치한 자! 미지의 존재! 도둑이여!
무엇을 훔치려 하는가?
무엇을 엿들으려 하는가?
무엇을 고문하려 하는가,
너 고문자여,
너 형리-신이여!
아니면 내가 개처럼
네 앞에서 뒹굴어야 하랴?
너의 사랑을 얻기 위해 헌신과
열성으로 꼬리를 흔들어야 하랴?
다 필요 없다!
그냥 계속해서 찔러라!
잔인한 가시여!
나는 개가 아니라 너의 사냥감일 뿐이다,
잔인한 사냥꾼아,
나는 자존심 강한 포로,
너 구름 뒤의 강도여……
이젠 말하라!

Du Blitz-Verhüllter! Unbekannter! sprich!

Was willst du, Wegelagerer, von —— *mir?*...

Wie?

Lösegeld?

Was willst du Lösegelds?

Verlange viel —— das rät mein Stolz!

und rede kurz —— das rät mein andrer Stolz!

Haha!

Mich —— willst du? mich?

mich —— ganz?...

Haha?

Und marterst mich, Narr, der du bist,

zermarterst meinen Stolz?

Gib *Liebe* mir —— wer wärmt mich noch?

    wer liebt mich noch?

gib heiße Hände,

gib Herzens-Kohlenbecken,

gib mir, der Einsamsten,

die Eis, ach! siebenfaches Eis

nach Feinden selber,

너 번개의 복면자여! 미지의 존재여! 말하라!
내게서 뭘 원하는가, **날강도여?**……

뭐라고?
몸값을?
왜 몸값을 원하는가?
많이 요구하라 — 내 자존심은 그걸 바란다!
어서 짧게 말하라 — 내 다른 자존심은 그걸 바란다!
하하하!
나를 — 나를 원하는가? 나를?
나를 — 전부?……

하하하?
그래서 바보인 너는 나를 고문하는가,
내 자존심을 짓밟겠다는 거냐?
내게 사랑을 다오 — 나를 덥혀 줄 이 누구인가?
　　아직 나를 사랑해 줄 이 누구인가?
내게 뜨거운 손을 주오,
내게 심장의 화로를 주오,
이 한없이 고독한 내게
얼음을 주오, 아! 일곱 겹의 얼음을 주오,
적마저도,

nach Feinden schmachten lehrt,

gib, ja ergib,

grausamster Feind,

mir — *dich*!......

Davon!

Da floh er selber,

mein einziger Genoß,

mein großer Feind,

mein Unbekannter,

mein Henker-Gott!...

Nein!

komm zurück!

Mit allen deinen Martern!

All meine Tränen laufen

zu dir den Lauf

und meine letzte HerzensFlamme

dir glüht sie auf.

O komm zurück,

mein unbekannter Gott! mein *Schmerz*!

mein letztes Glück!...

적마저도 그리워하는 법을 나는 배웠다,
다오, 그래, 어서 다오,
끔찍한 적이여,
너를 내게 다오!······
가 버려라!
저기 그가 도망친다,
나의 유일한 동지,
나의 위대한 적,
나의 미지의 존재,
나의 형리-신이여!······

안 돼!
어서 돌아와!
너의 온갖 고문과 함께!
나의 모든 눈물은
너를 향해 줄줄 흐르고,
나의 마지막 심장의 불꽃은
너를 향해 타오른다.
오, 돌아오라,
나의 미지의 신이여! 나의 고통이여!
나의 마지막 행복이여!······

Ein Blitz. Dionysos wird in smaragdener Schönheit sichtbar.

Dionysos:

Sei klug, Ariadne!…
Du hast kleine Ohren, du hast meine Ohren:
steck ein kluges Wort hinein! —
Muß man sich nicht erst hassen, wenn man sich
      lieben soll?…
Ich bin dein Labyrinth…

번개가 친다. 디오니소스가 에메랄드의 아름다운 빛으로
　　나타난다.

디오니소스:

지혜로울지어다, 아리아드네여!……
너는 작은 귀를 가졌다, 너는 나의 귀를 가졌다.
어서 현명한 말 한마디를 거기 담아라! ─
서로 사랑하려면 먼저
　　서로 증오해서는 안 되지 않나?
나는 너의 미로다……

Ruhm und Ewigkeit

1

Wie lange sitzest du schon
   auf deinem Mißgeschick?
Gib acht! du brütest mir noch
   ein Ei,
   ein Basilisken-Ei
aus deinem langen Jammer aus.

Was schleicht Zarathustra entlang dem Berge? ——

Mißtrauisch, geschwürig, düster,
ein langer Lauerer ——
aber plötzlich, ein Blitz,
hell, furchtbar, ein Schlag
gen Himmel aus dem Abgrund:
—— dem Berge selber schüttelt sich
das Eingeweide…

Wo Haß und Blitzstrahl
eins ward, ein *Fluch* ——
auf den Bergen haust jetzt Zarathustras Zorn,
eine Wetterwolke schleicht er seines Wegs.

명성과 영원

1

그대는 벌써 얼마나 오래도록
   그대의 불행 위에 앉아 있었나?
조심하라! 그대는 아직도 나를 위해서
   알 하나를,
   바실리스크[37]의 알 하나를
그대의 오랜 고통으로 품어 부화한다.

왜 자라투스트라는 산 위에 잠복하고 있나?

의심 품은 눈빛, 종기 투성이, 음울한 표정,
오래 잠복한 자의 모습 ——
그러나 갑자기 한 줄기 번개가,
밝고 무섭게, 벼락이
심연에서 하늘을 향해 번쩍인다.
—— 산의 내장까지
마구 흔들린다……

증오와 번갯불이
하나가 될 때, 하나의 **저주**가 될 때,
산 위에는 이제 자라투스트라의 분노가 살고 있다,
분노는 먹구름이 되어 제 갈 길을 간다.

Verkrieche sich, wer eine letzte Decke hat!

Ins Bett mit euch, ihr Zärtlinge!

Nun rollen Donner über die Gewölbe,

nun zittert, was Gebälk und Mauer ist,

nun zucken Blitze und schwefelgelbe Wahrheiten –

Zarathustra *flucht*...

2

Diese Münze, mit der

alle Welt bezahlt,

Ruhm ——

mit Handschuhen fasse ich diese Münze an,

mit Ekel trete ich sie *unter* mich.

Wer will bezahlt sein?

Die Käuflichen...

Wer *feil* steht, greift

mit fetten Händen

nach diesem Allerwelts-Blechklingklang Ruhm!

—— *Willst* du sie kaufen?

Sie sind alle käuflich.

남은 한 장의 이불이 있는 자들은 그리로 기어들어라!
너희 연약한 자들아, 침대로 들어가라!
이제 둥근 천장 위로 천둥이 구르고,
들보와 담벼락이 흔들리고,
번개와 누런 유황빛 진리는 요동친다,
　　자라투스트라는 **저주한다**……

2
세상 어디나
이 화폐로 지불한다,
명성이라는 화폐로,
장갑 낀 손으로 나는 그 화폐를 움켜쥐고,
구역질을 느끼며 나는 그 화폐를 짓밟는다.

지불받기를 원하는 자 **누구인가?**
자신을 팔려 내놓은 사람들……
제 몸을 **팔려** 내놓은 사람은
살찐 두 손으로
어디서나 양철 소리 나는 이 명성을 움켜쥔다!

그대는 명성의 화폐를 사고 싶은가?
이 명성들은 누구나 살 수 있다.

Aber biete viel!

klingle mit vollem Beutel!

—— du *stärkst* sie sonst,

du stärkst sonst ihre *Tugend*…

Sie sind alle tugendhaft.

Ruhm und Tugend —— das reimt sich.

Solange die Welt lebt,

zahlt sie Tugend-Geplapper

mit Ruhm-Geklapper ——

die Welt *lebt* von diesem Lärm…

Vor allen Tugendhaften

    will ich schuldig sein,

schuldig heißen mit jeder großen Schuld!

Vor allen Ruhms-Schalltrichtern

wird mein Ehrgeiz zum Wurm ——

unter solchen gelüstet's mich,

der *Niedrigste* zu sein…

Diese Münze, mit der

alle Welt bezahlt,

어서 더 많이 내놓아라!
두툼한 지갑을 흔들어라!
그리하여 명성들을 강하게 하라,
명성들의 미덕을 강하게 하라……

명성들은 모두 미덕을 지녔다.
명성과 미덕 — 둘은 잘 어울린다.
이 세상이 살아 있는 한,
세상은 미덕의 요설을
명성의 요설로 지불할 것이며,
세상은 이런 소음을 먹고 살아갈 것이다……

모든 미덕 앞에서 나는
　　죄를 저지르고 싶다,
아주 큰 죄를 짓고 싶다![38]
모든 명성의 나팔들 앞에서
나의 공명심은 구더기가 되고,
그런 나팔들 아래에서 나는
가장 낮은 자가 되겠다……

세상 어디나
이 화폐로 지불한다,

Ruhm —

mit Handschuhen fasse ich diese Münze an,

mit Ekel trete ich sie *unter* mich.

3

Still! —

Von großen Dingen — ich *sehe* Großes! —

soll man schweigen

oder groß reden:

rede groß, meine entzückte Weisheit!

Ich sehe hinauf —

dort rollen Lichtmeere:

o Nacht, o Schweigen, o totenstiller Lärm!…

Ich sehe ein Zeichen —

aus fernsten Fernen

sinkt langsam funkelnd ein Sternbild gegen mich…

4

Höchstes Gestirn des Seins!

Ewiger Bildwerke Tafel!

Du kommst zu mir? —

명성이라는 화폐로,
장갑 낀 손으로 나는 그 화폐를 움켜쥐고,
구역질을 느끼며 나는 그 화폐를 짓밟는다.

3
조용하라! —
위대한 것들에 대해선 — 나는 위대한 것을 본다!
우리는 침묵하거나
크게 말해야 한다.
크게 말하라, 나의 축복받은 지혜여!

나는 올려다본다 —
그곳엔 빛의 바다가 물결친다,
오, 밤이여, 오, 침묵이여, 오, 죽은 듯 고요한 소음이여!……
표지가 하나 보인다,
까마득히 먼 곳으로부터
반짝이며 나를 향해 천천히 별자리 하나가 다가온다……

4
존재의 드높은 성좌여!
영원한 조각의 판이여!
너는 내게로 오는가?

Was keiner erschaut hat,

deine stumme Schönheit —

wie? sie flieht vor meinen Blicken nicht?

Schild der Notwendigkeit!

Ewiger Bildwerke Tafel!

— aber du weißt es ja:

was alle hassen,

was allein *ich* liebe:

— daß *du ewig* bist!

daß du *notwendig* bist! —

meine Liebe entzündet

sich ewig nur an der Notwendigkeit.

Schild der Notwendigkeit!

Höchstes Gestirn des Seins!

— das kein Wunsch erreicht,

— das kein Nein befleckt,

ewiges Ja des Seins,

ewig bin ich dein Ja:

denn ich liebe dich, o Ewigkeit! —

여태 아무도 보지 못한 것,
그것은 네 말 없는 아름다움이다 ─
어째서? 그 아름다움은 내 눈길을 피하지 않을까? ─

필연의 문장(紋章)이여!
영원한 조각의 판이여!
─ 하지만 너는 알 거야,
모두가 싫어하고
나만 사랑하는 것,
그건 네가 영원하다는 것!
네가 필연적이라는 거야!
나의 사랑은 이런 필연성을 통해서만
영원히 불붙거든.

필연의 문장(紋章)이여!
존재의 드높은 성좌여!
─ 어떤 소망도 닿은 적 없고,
─ 어떤 부정(否定)도 더럽힌 적 없는,
존재의 영원한 긍정이여,
나는 영원한 너의 긍정이다.
나는 너를 사랑하니까, 오, 영원이여! ─

Von der Armut des Reichsten

Zehn Jahre dahin ——

kein Tropfen erreichte mich,

kein feuchter Wind, kein Tau der Liebe

—— ein *regenloses* Land...

Nun bitte ich meine Weisheit,

nicht geizig zu werden in dieser Dürre:

ströme selber über, träufle selber Tau,

sei selber Regen der vergilbten Wildnis!

Einst hieß ich die Wolken

fortgehn von meinen Bergen, ——

einst sprach ich "mehr Licht, ihr Dunklen!"

Heut locke ich sie, daß sie kommen:

macht Dunkel um mich mit euren Eutern!

—— ich will euch melken,

ihr Kühe der Höhe!

Milchwarme Weisheit, süßen Tau der Liebe

ströme ich über das Land.

Fort, fort, ihr Wahrheiten,

die ihr düster blickt!

Nicht will ich auf meinen Bergen

가장 부유한 자의 가난

십 년이 흘렀다 ──,
물방울 하나 내게 닿지 않았다,
축축한 바람도, 사랑의 이슬도
── 비가 오지 않는 땅……
이제 나는 나의 지혜에게 부탁한다,
이런 사막에서 괜한 욕심 부리지 않기를:
스스로 넘쳐흘러라, 스스로에게 이슬이 떨어지게 하라,
이런 황량한 황야에서 스스로 비가 되어라!

언젠가 나는 구름에게 명했지
나의 산에서 떠나라고, ──
언젠가 나는 말했지, "빛을 더 다오, 너희 어둠이여!"
오늘 나는 그들에게 오라고 유혹한다.
너희의 유방으로 내 주위를 어둡게 하라!
── 나 너희의 젖을 짜겠다,
너희 높은 구릉의 젖소들아!
따뜻한 젖 같은 지혜를, 사랑의 달콤한 이슬을
이 땅 위로 넘치게 하겠다.

가라, 가라, 너희 진리여,
음울한 눈빛의 진리여!
나 내 산 위에 성마른 떫은 진리가

herbe ungeduldige Wahrheiten sehn.

Vom Lächeln vergüldet

nahe mir heut die Wahrheit,

von der Sonne gesüßt, von der Liebe gebräunt, —

eine *reife* Wahrheit breche ich allein vom Baum.

Heut strecke ich die Hand aus

nach den Locken des Zufalls,

klug genug, den Zufall

einem Kinde gleich zu führen, zu überlisten.

Heut will ich gastfreundlich sein

gegen Unwillkommnes,

gegen das Schicksal selbst will ich nicht stachlicht sein,

— Zarathustra ist kein Igel.

Meine Seele,

unersättlich mit ihrer Zunge,

an alle guten und schlimmen Dinge hat sie schon

      geleckt,

in jede Tiefe tauchte sie hinab.

Aber immer gleich dem Korke,

immer schwimmt sie wieder obenauf,

머무는 것을 보고 싶지 않다.
오늘은 금빛 미소를 지으며
내게 진리가 다가온다,
태양으로 달콤해지고, 사랑으로 노릇해진, ──
무르익은 진리를 나는 홀로 나무에서 딴다.

오늘 나는 손을 뻗어
우연의 머리카락을 움켜잡고는,
현명하게, 우연을
어린애처럼 꾀어 속여 넘기리라.
오늘 나는 달갑지 않은 것도
손님처럼 친절하게 대해 주리라,
운명을 향해서도 가시를 세우지 않으리라,
── 자라투스트라는 고슴도치가 아니니.

나의 영혼은
혀를 놀림에 물림이 없어,
온갖 선한 것과 악한 것들을 이미
　　　　맛보았고,
모든 심연 속으로 뛰어들어 보았다.
그러나 늘 코르크처럼
언제나 다시 위로 떠올라

sie gaukelt wie Öl über braune Meere:
dieser Seele halber heißt man mich den Glücklichen.

Wer sind mir Vater und Mutter?
Ist nicht mir Vater Prinz Überfluß
und Mutter das stille Lachen?
Erzeugte nicht dieser beiden Ehebund
mich Rätseltier,
mich Lichtunhold,
mich Verschwender aller Weisheit, Zarathustra?

Krank heute vor Zärtlichkeit,
ein Tauwind,
sitzt Zarathustra wartend, wartend auf seinen
        Bergen, —
im eignen Safte
süß geworden und gekocht,
unterhalb seines Gipfels,
unterhalb seines Eises,
müde und selig,
ein Schaffender an seinem siebenten Tag.

갈색의 바다 위를 기름처럼 둥둥 떠다닌다,
이런 영혼을 지닌 나를 사람들은 행복한 자라 부른다.

나의 아버지는 누구이고, 나의 어머니는 누구인가?
나의 아버지는 넘침의 왕자이고,
나의 어머니는 조용한 웃음이 아닐까?
두 사람의 이 결합이 낳은 게 아닐까,
수수께끼 같은 짐승인 나를,
빛의 악마인 나를,
모든 지혜의 낭비자인 자라투스트라를?

오늘 애정에 굶주리며,
봄바람을 그리며,
자라투스트라는 기다리며, 기다리며
　　　그의 산정에 앉아 있다, ─
스스로의 수액으로
달콤하게 무르익은 채,
그의 산정 아래,
그의 얼음 아래,
지쳤음에도 행복한 모습으로,
일곱 번째 날을 맞은 창조자처럼.

—— Still!

Eine Wahrheit wandelt über mir

einer Wolke gleich, ——

mit unsichtbaren Blitzen trifft sie mich.

Auf breiten langsamen Treppen

steigt ihr Glück zu mir:

komm, komm, geliebte Wahrheit!

—— Still!

Meine Wahrheit ist's! ——

Aus zögernden Augen,

aus samtenen Schaudern

trifft mich ihr Blick,

lieblich, bös, ein Mädchenblick…

Sie erriet meines Glückes *Grund*,

sie erriet *mich* —— ha! was sinnt sie aus? ——

Purpurn lauert ein Drache

im Abgrunde ihres Mädchenblicks.

—— Still! Meine Wahrheit *redet*! ——

Wehe dir, Zarathustra!

── 조용!
하나의 진리가 내 머리 위에서
구름처럼 떠돈다, ──
진리가 보이지 않는 벼락으로 나를 친다.
넓고 완만한 계단을 따라
진리의 행복이 나를 향해 올라온다.
오라, 오라, 사랑하는 진리여!

── 조용!
이게 바로 나의 진리이다! ──
주저하는 눈동자로부터,
비로드 같은 전율로부터
진리의 눈길이 번져 나와 나를 친다,
사랑스럽고 못된 소녀의 눈빛이다……
그 눈빛은 내 행복의 근거를 짐작하고,
나를 짐작했다 ── 아, 그 눈빛은 대체 무슨 생각을 한 걸까?
소녀의 눈빛의 심연에는
보랏빛 용이 한 마리 숨어 있다.

── 조용! 나의 진리가 **말하기 시작한다!**

화를 입을지어다, 자라투스트라여!

Du siehst aus, wie einer,

der Gold verschluckt hat:

man wird dir noch den Bauch aufschlitzen!...

Zu reich bist du,

du Verderber vieler!

Zu viele machst *du* neidisch,

zu viele machst du arm...

Mir selber wirft dein Licht Schatten —

es fröstelt mich: geh weg, du Reicher,

geh, Zarathustra, weg aus deiner Sonne!...

Du möchtest schenken, wegschenken deinen Überfluß,

aber du selber bist der Überflüssigste!

Sei klug, du Reicher!

Verschenke dich selber erst, o Zarathustra!

Zehn Jahre dahin —

und kein Tropfen erreichte dich?

kein feuchter Wind? kein Tau der Liebe?

Aber wer *sollte* dich auch lieben,

du Überreicher?

너는 마치 황금을 삼킨
사람처럼 보이는구나.
사람들이 네 배를 가르리라!……

너는 너무 부자다,
너, 많은 사람을 망친 자여!
너무 많은 사람을 너는 질투케 하고,
너무 많은 사람을 가난하게 만든다……
너의 빛은 내게도 그림자를 드리운다,
한기가 느껴진다, 가라, 너 부자여,
가라, 자라투스트라여, 네 태양에서 물러나라!……

네가 아무리 넘치는 것을 남에게 주어도
너는 본디 넘쳐흐르는 자이다!
지혜로워져라, 너 부자여!
먼저 너 자신을 주어 버려라, 오, 자라투스트라여!

십 년이 흘렀어도
물방울 하나 네게 닿지 않았지?
축축한 바람 한 점도? 사랑의 이슬도?
그런데 누가 너를 사랑해 줄 텐가,
너무나 부자인 너를?

Dein Glück macht rings trocken,

macht arm an Liebe

— ein *regenloses* Land…

Niemand dankt dir mehr.

Du aber dankst jedem,

der von dir nimmt:

daran erkenne ich dich,

du Überreicher,

du *Ärmster* aller Reichen!

Du opferst dich, dich *quält* dein Reichtum —

du gibst dich ab,

du schonst dich nicht, du liebst dich nicht:

die große Qual zwingt dich allezeit,

die Qual *übervoller* Scheuern, *übervollen* Herzens —

aber niemand dankt dir mehr…

Du mußt *ärmer* werden,

weiser Unweiser!

willst du geliebt sein.

너의 행복은 주위를 메마르게 하고,
사랑을 부족하게 한다 —
비가 오지 않는 땅……

이젠 네게 고마워하는 이 아무도 없다.
그러나 너는 네게서 뭔가 받아 가는
모든 사람에게 고마워한다.
나는 거기서 너를 알아본다,
너 너무나 부유한 자여,
너, 모든 부자들 중 가장 가난한 자여!

너는 너를 바친다, 너의 부가 너를 괴롭히니,
너는 너 자신을 주어 버린다,
너는 너 자신을 아끼지 않고, 너 자신을 사랑하지 않는다.
커다란 고통이 늘 너를 강요한다,
넘치도록 가득 찬 곳간과 넘치도록 가득 찬 심장의
　　　고통이 —
그러나 이젠 네게 고마워하는 이 없다……

너는 더 가난해져야 한다,
현명한 어리석은 자여!
사람들의 사랑을 받으려면.

Man liebt nur die Leidenden,

man gibt Liebe nur dem Hungernden:

verschenke dich selbst erst, o Zarathustra!

—— Ich bin deine Wahrheit…

사람들은 고통에 빠진 자들만을 사랑하고,
굶주린 자에게만 사랑을 주기 때문이다.
먼저 너 자신을 주어 버려라, 오, 자라투스트라여!

나는 너의 진리이다……

에드바르 뭉크가 그린 「프리드리히 니체」(1906년)

1) "미지의 신에게(Dem unbekannten Gott)"라는 제목의 판본도 있다.

2) 1871년 작품으로, 등장하는 풍경으로 봐서 후기의 시들을 선취하고 있다. 멜랑콜리를 상대로 말을 거는 어법에서 니체가 구사하는 반어의 의지를 볼 수 있다.

3) 여름을 소년의 모습으로 신화적으로 의인화하고 있다.

4) 까마귀는 고독과 고통 속에 있는 시인의 이미지를 나타낸다.

5) 『선악의 저편』의 에필로그이다.

6) 과거의 나를 버린 새로운 나를 뜻한다. 그래서 하나는 둘이 된다.

7) 니체는 1880년부터 1887년 사이 베네치아에 오랫동안 체류한 적이 있다. 1880년 봄의 한 메모에 그는 "100개의 고독이 합쳐져 도시 베네치아를 이루고 있다. 그것이 이 도시의 매력이다."라고 적었다.

8) 1885년 여름에 겪은 체험을 니체는 친구인 작곡가 하인리히 쾨젤리츠에게 쓴 편지에서 이렇게 말하고 있다. "리알토 다리 옆에서 보낸 마지막 밤은 내게 음악을 가져다주었네. 눈물을 자극하는 믿을 수 없는 옛날풍 아다지오였어. 마치 아다지오가 전에는 없었던 것 같았네."

9) 곤돌라 뱃사공의 노래를 말함.

10) 시의 화자는 곤돌라 사공의 노래를 듣는 가운데 심적으로 노래를 부르는 자신의 영혼을 인지한다.

11) 이탈리아 서북부 리구리아해 항구도시. 콜럼버스는 제노바 출신의 평민이었다.

12) 콜럼버스와 동일화된 니체는 전래된, 내용상으로 특정된 형이상학을 떠나 열린, 모든 규정으로부터 해방된 철학의 구현을 꿈꾼다.

13) 과거의 케케묵은 율법 서판을 부술 때 인류는 탁 트인 망망대해로 나아갈 수 있다는, 자라투스트라의 견해가 있다. 자라투스트라의 이미지는 항해자의 그것이다.

14) 니체의 저서 『즐거운 학문』을 말함.

15) 『니체 대 바그너』라는 책에서 니체는 말한다. "얼핏 승리에 찬 것 같지만 사실은 썩고 절망에 빠진 하나의 데카당인 리하르트 바그너가 갑자기 어쩔 줄 모르고 무너져 기독교의 십자가 앞에 무릎을 꿇어 버렸다."

16) 니체는 말한다. "이런 '맹수'들에게는 '위험스럽게 산다.'는 표어가 삶의

비밀을 캐는 열쇠이다."

17) "포겔프라이"는 '새처럼 자유롭다.'는 원래의 뜻을 갖지만, 법률 용어로 '법률의 보호 밖에 놓인'이라는 의미로도 쓰인다. 니체는 '모든 구속에서 해방된' 의미로 이 낱말을 사용하고 있다.

18) 괴테의 『파우스트』 2부 마지막 장면에서 "신비스런 합창"이 부르는 "이 세상 모든 무상한 것들 / 한낱 비유에 지나지 않는다."를 변형한 것임.

19) 시인은 수없이 많은 거짓말을 늘어놓는다는 뜻.

20) 목표들은 계속해서 바뀌고 그 목표에는 도달하지 못함을 뜻한다.

21) 『파우스트』의 마지막 장면에서 "영원히 여성적인 것이/ 우리를 이끌어 올린다."를 패러디한 것임.

22) 에드거 앨런 포의 시 「까마귀(The Raven)」(1845)를 패러디한 작품이다. 동일하게 강약격의 리듬을 사용하고, 포의 까마귀 대신 딱따구리를 등장시키고 있다. 포의 시의 "영영 없으리.(Nevermore.)"라는 까마귀의 말 대신 "맞아요, 나리, 당신은 시인이죠."라는 딱따구리의 말을 후렴구처럼 쓰고 있다.

23) "베파"는 '하느님이 덧붙였다.'는 뜻을 지닌 여자 이름으로 '요제파'의 히브리어 애칭이다.

24) 지옥의 강 아케론을 연상시키는 시이다.

25) 알바트로스를 말함. 프랑스 상징주의 시인 보들레르(1821~1867)가 「알바트로스」라는 시를 쓴 바 있다. 큰 덩치에 어눌한 몸짓 때문에 '바보 새'라 불린다.

26) 창공으로 날아가는 새의 가벼움은 시인의 이상향을 표현하는 주요 요소이다.

27) 원문 "accent aigu"는 프랑스어에서 가장 자주 쓰이는 양음부호로 단어의 가장 처음 혹은 마지막에 쓰이는 "è"를 말하나, 여기서는 프랑스어식 발음을 하는 것으로 번역했다.

28) 밤은 니체의 작품에서 언제나 강렬한 청각 체험의 시간으로 등장한다.

29) 황금 장식들이 장밋빛을 뿜어내는 시간은 해가 지는 저녁이다.

30) 실스마리아는 스위스 알프스에 위치한 작은 도시로, 니체에게 창작의 요람이 되어 준 곳이다. 이곳의 한 고적한 오두막에서 고요한 시간을 보내던 니체는 8월의 한 산책 길에서 영원회귀 사상을 떠올렸다.

31) "하나가 둘이 되었다."는 표현은 시인의 자아가 옛것과 새것으로 나뉘며 탈바꿈하는 것을 뜻한다.

32) 프랑스의 중앙 고원에서 론강 계곡을 따라 남프랑스 프로방스에 부는

강력한 겨울바람을 이른다. 이 시에서는 자유로운 정신을 뜻한다.

33) 『자라투스트라는 이렇게 말했다』의 4부 중 「우울의 노래」에서 늙은
    마법사가 부른 노래이다.

34) 원문의 "Letzter Wille"는 다른 독일어로 'Testament', 즉 '유언'이다.
    직역하여 '최후의 의지'라고 번역하기보다 시의 내용에서도
    드러나듯("그렇게 죽고 싶다.") '유언'으로 하는 것이 맞다.

35) 원문의 "Nimrod"는 구약성서에 나오는 포악한 전설적인 사냥꾼이다.

36) 아리아드네는 그리스 크레타섬의 공주이다. 그 섬에 사는 괴물
    미노타우로스를 해치우기 위해 찾아온 아테네의 왕자 테세우스를 도와
    미노타우로스의 미궁에서 빠져나올 수 있도록 그에게 실타래를 건네주었다.
    괴물을 해치운 왕자의 사랑이 되었으나 아테네로 돌아가던 왕자가
    낙소스섬에서 깊은 잠에 빠진 그녀를 두고 떠나는 바람에 절망에 빠진다.
    그때 실의에 잠겨 있던 그녀에게 풍요의 신 디오니소스가 나타나 아름다운
    그녀와 사랑을 하고 결혼하기에 이른다. 아리아드네의 그때 심정을 다룬
    시이다.

37) 북아프리카 사막에 산다는 환상의 뱀으로 눈빛만 쏘여도 사람이 죽는다고
    한다. 플리니우스(23-79)의 『박물지』에 나온다.

38) 이른바 관습적 미덕을 파괴하고 싶은 화자의 뜻이 담긴 구절.

니체 생가와 교회 사이의 옛 공동묘지 공간, 니체의 무덤가에 실물 크기의 흰색 조형물
셋이 서 있다. 모두 니체이다. 가운데 중년 부인과 팔짱을 낀 모습은 그의 어머니와
찍은 잘 알려진 사진을 본따 만든 것이다. 조형물들 중 둘의 벌거벗은 모습이 이채롭다.
1889년 아버지 친구 야콥 부르크하르트에게 보낸 편지에서 니체는 "올 가을 들어 옷을
거의 걸치지 않은 채 나의 장례식에 서 있는 꿈을 두 번이나 꾸었습니다."라고 썼다. 세
조형물 중 하나는 파란색 안경을 쓰고 있는데, 니체가 지독한 근시였던 것을 상징한다.
니체 사후 100년을 기념하여 메르제부르크 교구의 발의로 2000년 10월 31일에
클라우스 F. 메써슈미트의 작품으로 조성되었다. (사진 김재혁)

1844년	10월 15일 프로이센 작센주 뤼첸 근교 뢰켄 마을에서 프로테스탄트 목사였던 아버지 카를 루트비히 니체와 역시 목사의 딸이었던 어머니 프란치스카 욀러 사이에서 장남으로 태어나다.
1849년	7월 30일 아버지가 세상을 뜨다.
1850년	가족과 함께 나움부르크로 이사하다. 초등학교에 입학하나 적응하지 못하고 그만두다.
1851년	사설 교육기관인 칸디다텐 베버에 입학하여 종교와 라틴어와 그리스어를 배우다.
1858년	나움부르크 근교 기숙사 학교 슐포르타에 입학.(1864년 9월까지 재학)
1861년	「트리스탄과 이졸데」 피아노 발췌곡을 통해 바그너를 알게 되다. 셰익스피어와 괴테, 횔덜린 등을 애독하다.
1862년	「운명과 역사(Fatum und Geschichte)」라는 글을 쓰다.
1864년	슐포르타를 우등으로 졸업하다. 「디오니소스에 관하여」라는 제목으로 졸업 논문을 쓰다. 10월 본(Bonn)대학교에 입학, 신학과 고전 문헌학을 공부하다. 학생 모임 '프랑코니아(Frankonia)'에 가입하다. 신약성서에 대해 비판적 시각을 갖기 시작하다. 문헌학자 프리드리히 리츨 교수의 강의를 수강하다.
1865년	10월 리츨 교수를 따라 라이프치히대학교로 옮기다. 고전 문헌학에 전념하면서 리츨 교수의 수제자가 되다. 쇼펜하우어의 『의지와 표상으로서의 세계』를 탐독하다. 이 독서가 니체를 독자적 철학의 세계로 이끄는 계기가 된다.
1866년	고전 문헌학을 전공하는 에르빈 로데와 친분을 맺다.
1867년	「디오게네스 라에르티오스(Diogenes Laertius)의 전거에

관하여」라는 글로 대학 현상 논문 공모에 응모하여
수상하며 문헌학자로서 이름을 알리다.

1868년 11월 8일 라이프치히에 거주하는 동양학자 H.
브로크하우스의 집에서 처음으로 리하르트 바그너와
개인적으로 알게 되다.

1869년 2월 리츨 교수의 추천으로 스위스 바젤대학교
고전문헌학과 원외 교수로 위촉되다. 3월 디오게네스에
대한 문헌학적 연구 등 그간의 학문적 업적을 인정받아
라이프치히대학교로부터 박사 학위를 수여받다. 4월
19일 바젤에 도착하다. 5월 17일 루체른 교외 트립셴으로
바그너가를 처음 방문하다. 5월 28일 바젤대학교에서
교수직에 취임하면서 '호메로스와 고전 문헌학'에 대해
강연하다. 예술사가 야코프 부르크하르트와 교분을 맺다.

1869년 『비극의 탄생』 집필 시작.

1870년 3월 정교수가 되다. 8월 8일 보불전쟁에 자원하여
의무병으로 참가하다. 이질과 디프테리아에 걸려 10월에
제대하다. 바젤로 귀환하다. 신학자 프란츠 오버베크와
교분을 맺다.

1871년 2월 『비극의 탄생』 집필 완료하다.

1872년 1월 『비극의 탄생』 출간. 학계로부터 혹평을 받다. 2월부터
3월까지 바젤에서 '우리 교육제도의 미래'라는 제목으로
강연하다. 5월 22일 바이로이트의 축제극장 기공식에
참석하다. 그사이 바이로이트로 이주한 바그너와 재회하다.

1873년 『반시대적 고찰』 1편 『신앙 고백자로서의 저술가 다비트
프리드리히 슈트라우스』 출판하다. 편두통과 구토에
시달리다.

1874년 『반시대적 고찰』 2편 『생에 대한 역사의 이해』와 3편
『교육자로서의 쇼펜하우어』 출간하다.

1875년 8월 초 「니벨룽겐의 반지」의 오케스트라 마지막 리허설을

듣기 위해 바이로이트에 체류하다. 나중에 니체의
충직한 제자가 된 음악가 페터 가스트(본명은 하인리히
쾨젤리츠)가 바젤 대학교에 와서 니체의 강의를 듣다.
건강이 극히 악화되다.

1876년 7월 『반시대적 고찰』 4편 『바이로이트의 리하르트
바그너』 출판. 8월 처음으로 열리는 바이로이트 축제극에
참석하기 위해 바이로이트에 가다. 바그너에 대한
실망이 극에 달하다. 『인간적인 너무나 인간적인』 초고
집필. 9월 철학자 파울 레와 교분이 시작되다. 계속되는
건강 악화로 교수직을 휴직하고 소렌토로 요양 여행을
떠나다. 소렌토에서 친구인 철학자 파울 레와 말비다 폰
마이젠부크와 겨울을 보내다. 『인간적인 너무나 인간적인』
1부 집필.

1877년 건강이 완전히 회복되지 않았지만 바젤로 돌아와 다시
강의를 하다.

1878년 1월 3일 바그너가 「파르시팔」을 니체에게 보내다. 5월
『인간적인 너무나 인간적인』 출판.

1879년 건강 악화로 바젤대학교 교수직을 사임하다. 비젠과
장크트모리츠 체류. 9월 이후는 나움부르크에서 지내다.

1880년 『나그네와 그의 그림자』와 『인간적인 너무나 인간적인』의
2부 집필. 페터 가스트와 함께 베네치아 체류. 아달베르트
슈티프터, 프로스퍼 메리메, 스탕달 등을 읽다. 11월
이후에는 제노바에서 겨울을 지내다.

1881년 6월 『아침놀』 출판. 7월 초 처음으로 실스마리아의 한
고적한 오두막에 체류하며 여름을 보내다. 8월 한 산책
길에서 '영원회귀' 사상이 떠오르다. 겨울은 제노바에서
보내다. 11월 27일 비제의 「카르멘」을 보고 감격하다.

1882년 3월 시칠리아로 여행하다. 4월 루 살로메를 만나다.
그녀에게 구혼하나 거절당한다. (1894년에 그녀는 그에게

『작품으로 본 프리드리히 니체』라는 책을 헌정한다.)
『즐거운 학문』 출판. 루 살로메와 여동생 엘리자베트와
함께 타우텐부르크에서 보내다. 루 살로메와 관계의 좌절
뒤『자라투스트라는 이렇게 말했다』를 구상한다. 11월부터
라팔로에서 겨울을 보낸다.

1883년 『자라투스트라는 이렇게 말했다』 1부 완성 및 출판.
2월 13일 바그너가 사망하다. 여름에 실스마리아에서
『자라투스트라는 이렇게 말했다』 2부를 완성하여 9월에
출판한다. 니스에서 겨울을 나다.

1884년 1월 니스에서『자라투스트라는 이렇게 말했다』 3부 완성.
4월 출판. 건강이 좋아지다. 마음 상태도 좋아졌지만
여동생 및 어머니와 갈등은 심해지다.

1885년 2월『자라투스트라는 이렇게 말했다』 4부 완성.
출판업자를 찾지 못해 마흔다섯 부만 자비로 출판하다.
5월 여동생이 반유태주의자 베른하르트 푀르스터와
결혼식을 올렸지만 결혼식에 참석하지 않다. 이듬해
여동생은 남편과 함께 파라과이로 이주한다.

1886년 8월 초 5월부터 6월 동안 라이프치히에서 에르빈 로데와
마지막으로 함께 보내다.『선악의 피안』을 자비로 출판하다.

1887년 5월 루 살로메로부터 괴팅겐대학교의 카를 안드레아스와
결혼한다는 통지를 받고 우울증이 심해지다. 6월부터
『도덕의 계보』를 집필하여 11월에 역시 자비로 출판하다.

1888년 4월 처음으로 이탈리아 토리노에 머물다. 5월부터 8월까지
『바그너의 경우』 집필 및 출간.『디오니소스 송가』 완성.
8월부터 9월까지 실스마리아에서『우상의 황혼』 집필,
1889년 1월 출판. 9월 모든 가치의 전도를 꿈꾸는 내용을
담은『안티크리스트』 완성. 10월부터 11월까지『이 사람을
보라』 집필. 12월『니체 대 바그너』 집필.

1889년 1월 3일 토리노의 카를로 알베르토 광장에서 졸도하며

정신착란 증세를 보이다. 오버베크가 니체를 바젤로 데려가다. 1월 17일 어머니가 그를 예나로 데려가 대학 정신병원에 입원시키다.

1890년 3월 24일 병원에서 퇴원하여 어머니 집에 머무르다. 5월 13일 나움부르크로 돌아오다.

1897년 4월 20일 부활절에 어머니가 일흔한 살로 사망하다. 그 사이 파라과이로 이주했다가 남편이 파산, 자살하여 독일로 돌아온 여동생과 함께 거처를 바이마르로 옮기다.

1900년 8월 25일 정오경 바이마르에서 사망. 고향인 뢰켄의 교회 묘지에 묻히다. 『힘에의 의지』는 그가 죽은 뒤 미완성작으로 출간되었다.

1   니체와 그의 어머니. (1892년)
2   니체의 누이 엘리자베트 푀르스터-니체의 젊은 시절 모습.
3   스위스 바젤 대학교 교수 시절의 니체. (1875년)
4   소년 시절의 니체. (1861년)

니체의 서정시, 이 땅과 생에 바치는 헌사

김재혁

싱그러운 시를 위하여

프리드리히 니체(1844-1900)는 말한다. "자신이 창조자가 되지 않는 한 '선과 악'이 무엇인지 알 수 없다!" 이를 설파하는 그의 시는 강한 시이다. 여기에는 관념과 퇴폐가 없다. 그의 시는 강력한 표현의 시이다. 여기에는 말을 위한 여분의 불필요한 장식이 없다. 그의 시는 직선의 시이다. 여기에는 뒷걸음질 치는 왜곡의 곡선이 없다. 그의 시는 의지(意志)의 시이다. 그의 시는 바람처럼 벽도 뚫고 지나간다. 그의 시는 자유로운 숨결에서 나오기 때문이다. 그의 시는 싱그럽고 발랄하다. 홀로 서며 직관적이다. 그의 시는 '이 땅'의 시이다. 그의 시에는 확인되지 않은 '하늘의 왕국'을 향한 '저편'의 그리움이 없다. '이 땅'을 진심으로 사랑하기 때문이다. 그의 시는 용감하다. 그의 시에는 지루함에서 나오는 하품이 없다. 그의 시는 자신을 사랑하는 시이다. 자기를 넘어서고자 노력하기 때문이다. 그의 시는 새로움을 향한 실험이다. 그의 시는 스스로를 고인 물에 가두지 않는다. 궁극에 그의 시는 신선한 창조자의 시가 되고 싶어 한다.

'악에 뿌리를 내리고'

니체라는 이름에서 가장 먼저 떠오르는 것은 세상을 향해 다르게 보기를 실천한 철학자의 모습일 것이다. 그의 경전 『자라투스트라는 이렇게 말했다』에서 니체는 그의 교주인 자라투스트라의 입을 빌려 잠언조로 인간의 삶과 세계에 대해

기존 개념과 아주 다른 말들을 예언처럼 들려준다. 우리는 이 '다름'을 니체를 니체답게 해 주는 특징으로 인정하게 된다. 그의 시는 오래된 이데올로기와 편견의 껍질을 벗겨 내고 그 안에 들어 있는 진실의 색깔을 보여 주려 한다. 니체의 사고의 중심에는 '악'에 대한 믿음이 중력처럼 자리 잡고 있다. 자라투스트라의 말대로 "사악함이야말로 인간이 소유한 최고의 힘"이기 때문이다. 일견 '부도덕해 보이는' 그의 견해를 뒷받침하는 것은 진실을 추구하려는 치열함이다.

　나무가 높이 자라기 위해서는 땅속 깊이 뿌리를 박아야 한다. 니체가 말하는 "초인"이 되기 위해서는 악의 깊은 심연까지 뿌리를 드리우고 끝없이 자기를 넘어서야 한다. 그에게는 위험이 친구이다. 니체에게 단체나 집단, 이어져 내려온 미덕 같은 것은 중요하지 않다. 그는 기성 사회의 이데올로기에서 '비켜선 자'이다. 니체는 추한 것과 공포스러운 것, 이른바 악에 마음을 열어 놓고 있다. 그는 시 「바그너에게」에서 바그너를 정복당한 자로 규정한다. 바그너가 기독교의 이데올로기에, 기독교적 연민의 '미천함'에 결박당했다는 것이다. 바그너는 이른바 '미덕'의 껍질 때문에 모든 자유를 잃었다. 니체는 시 「고독하게」에서 "까마귀"를 이런 가혹한 삶의 실존을 헤치고 나아갈 존재로 칭송한다.

　　까마귀들이 울부짖다가
　　도시 쪽으로 훨훨 날아간다.
　　── 머지않아 눈이 오겠지,
　　고향이 없는 사람은 불행하리라!

　니체의 시는 그의 작품 곳곳에 산재해 주인공의 목소리로 노래하거나 읊조리게 하여 그의 생각을 한 단계 더 깊게 잠언조로 전달한다. 니체의 시 속에는 그만의 고유한 사유가

담겨 있다. 그의 시는 시의 표현이자 사유의 표현이다. 그의 시는
누구보다 비유와 이미지가 강하다. 그는 나름의 확실한 문체를
갖고 있다. 니체는 "이 세상의 모든 글 중 내가 사랑하는 것은
피로 쓴 것이다. 피로 써라!"라고 강변한다. 프랑스의 작가 조르주
뷔퐁의 말대로 "문체란 바로 그 사람"이다. 우리는 니체의 시에서
살아 있는 니체의 말투와 그의 체험의 강도와 사고의 깊이를
경험한다. 니체는 실제로 생전에도 재치 있는 어투로 경쾌하게
말했다고 한다. 그는 편지글에서 "나의 문체는 춤이다."라는
말을 쓰기도 했다. 춤은 곧 정신의 자유와 생동감이다. 시
「미스트랄에게」에서 니체는 노래한다.

> 여기 매끈한 바윗길들을 따라
> 나는 춤추며 네게로 달려간다,
> 너의 휘파람과 노래에 맞춰 춤추며,
> 너는 배도 노도 없이
> 자유의 가장 자유로운 형제로서
> 거친 바다들을 건너뛴다.

니체의 정신은 "춤"이자 "바람"과 같다. 그는 바뀌고 변화하는
것을 지향한다. 그의 시각은 평범함을 거부한다. 그는 독수리,
사자, 낙타, 뱀 같은 강한 자연의 짐승들을 그리워하고 산악을
오른다. 그의 눈길은 길들여진 것을 증오하고 새로운 각도를
원한다. 그의 비유의 무게는 수시로 바뀐다. 니체의 글에서 자주
나오는 비유는 나무의 비유이고, 절벽의 비유이고, 땅과 하늘의
비유이다. 복종을 거부하기에 그는 위험 속에 스스로 처한다.
성장을 위해 행복을 뿌리치고 불행 속으로 뛰어든다. 그의 이런
시험은 깨달음을 위한 것이다. 그의 정신은 겉치레 행복보다는
진실한 불행 쪽으로 쏠린다. 자라투스트라가 제일 어려운 것으로
생각하는 것이 자신을 극복하는 것이다. 깊은 곳에서 우러나오는

고통이 표면적인 행복을 넘어선다. 그래서 자라투스트라는 "축복하지 못하는 자는 저주하는 법을 배우라!"고 말하는 것이다. 이것은 삶의 지반을 무르지 않게, 단단하게 만드는 과정이다. 보통 사람들이 생각하는 '악'을 택하여 고난의 길을 가는 것이 초인이 추구해야 할 길이다.

소위 말하는 미덕이라는 것들을 모두 떨치고 새의 영을 가지고 자유롭게 날기를 원하는 자라투스트라에게 "중력의 영"은 적이다. 중력은 사람으로 하여금 자유가 있다는 것을 느끼지 못하게 한다. 어떤 이데올로기에 묶어 두는 데 근본적인 이미지를 심어 주는 최초의 인자가 바로 사람은 중력의 영향을 받는다는 이 물리적인 사실이다. 그런데 실제로 이 중력은 자신이 아닌 외부에서 만들어져 우리 자신에게 작용하는 부정적인 힘인 것이다. 이것을 과감히 떨쳐 버리자고 니체는 주장한다. 중력은 매 순간 평범한 인간들에게 작용하는 이미지의 힘이자 편견의 장력이다. 기독교의 세계관 역시 여기에 속한다.

니체의 자라투스트라는 절벽과 정상이 하나로 나 있는 길을 걸어간다. 그는 산 위에서 살고 싶어 한다. 그는 위험을 밟고 고난을 넘어가는 방랑자이다. 이미 길이 나 있는 편한 것을 택하지 않는다. 정말 높은 산들은 깊은 바다로부터 솟은 것이다. 영혼이 위험하기 짝이 없는 것 쪽에 쏠리는 사람들이야말로 그런 경지에 오를 수 있다. 느끼지 못하지만 실제로 인간은 늘 아찔한 절벽 앞에 서 있다. 이 절벽은 인간의 약점을 드러내 보이는 것들이다. 절벽 깊은 곳은 위험한 곳이다. 눈은 위를 향하지만 손은 안전하게 아래쪽을 잡고 싶어 한다. 그의 눈길은 "초인" 쪽을 향한다. 초인이라면 오히려 사악함에서 많은 것을 배워야 한다. "초인"은 자신을 뛰어넘어 위쪽으로 올라가 자신이 추구하던 별들마저 자기 발밑에 두는 사람을 뜻한다. 사자 같은 위엄과 거침없음이 그의 특징이다. 인간의 가치로 노래되는 연민도 인간을 절벽 앞에 세운다. 인간은 연민을 넘어서야 한다. 절벽 같은 생각을 넘어서기 위해서는 스스로를 넘어서야 한다. 그리고 선과 악까지도, 나아가 연민과 스스로를 경멸하는 경멸까지도 넘어서야 한다. 그때 진실함에서 오는 축복이 있다. 니체는 그것을 시로써 노래하고 포고한다.

니체와 서정시

2015년 10월 15일부터 18일까지 독일 잘레의 나움부르크에서는 세계 니체학회가 주관하는 국제 학술 대회가 '니체와 서정시'라는 제목으로 열렸다. 당시 학술 대회 프로그램 표지는 아래와 같다.

광대 모자를 쓰고 테이블에 앉아 있는 니체의 왼손에는 "바보여, 시인이여"라는 글귀가 적힌 종이가 들려 있다. 테이블 위와 방바닥에는 쓰다 버린 파지가 널려 있고 옛날 타자기가 보인다. 낙마 사고를 겪은 후 눈까지 거의 안 보일 지경이 되어 손 글씨를 쓰기가 힘들어지자 니체는 타자기를 이용했다. 이 타자기는 코펜하겐의 발명가 몰링 한센이 만들었던 모습 그대로다. 그의 모습에서 두드러진 것은 광대로서의 시인이다.

세계 니체학회에서 2015년에 니체의 시 작품을 전격적으로
조망한 것은 니체의 세계에서 시가 갖는 의미를 그만큼 높이
평가했기 때문이다. 실제로 니체가 처음 쓴 글도 시였고,
마지막으로 완성한 작품도 시였다. 니체의 인생과 창작 매
시기마다 시는 빠지지 않았다. 그렇지만 지금까지 니체의 시를
체계적으로 연구한 학술서는 발간된 적이 없었다. 학술 대회에서
중점을 둔 것은 개별 시 작품들의 발생사와 맥락 관계를 정치한
읽기를 통해 밝혀내는 일이었다. 니체의 시에는 특별한 그만의
사고방식이 내재해 있다는 가설에서 출발한 것이다. 시에서
철학적 사유를 찾고, 철학적 사유에서 시의 흔적을 찾는 교차
연구 방식이다. 그의 철학적 사유 자체가 하나의 시적 성찰이기
때문이다.

　니체는 철학자이면서 동시에 시인이다. 그는 글쓰기의
영감을 시에서 얻었다. 니체의 경우, 시 쓰기와 사유는 거의 한
호흡으로 이루어진다. 그것은 『자라투스트라는 이렇게 말했다』와
「디오니소스 송가」에서 절정에 달한다. 시를 통해 자신의 생각을
극단적으로 잘 표현할 수 있다고 니체는 생각했다. 니체의 시를
읽어 보면 그가 사용하는 이미지와 표현에서 강력한 힘을 느끼게
된다. 어떻게 보면 후세의 가르시아 로르카라든가 페르난두
페소아 같은 라틴계 시인이 쓴 시의 느낌이 들기도 한다.
안으로부터 뿜어져 나오는 시적 열기가 그를 그런 글쓰기로 이끈
듯하다. 촉감의 언어로 쓰인 그의 시는 우리의 감각에 그대로
묻어난다. 물론 젊은 시절의 시에는 주관적 감정과 그 시절
특유의 고통이 담겨 있다. 그에게 시는 독이다. 극단적 통찰을
즐기기 때문이다. 그는 "공작"처럼 외관만 뽐내는 단순한 시인이
되려 하지 않는다. 시를 감정을 위한 장식적 도구로 보지 않기
때문이다.

　니체는 기왕의 시인들에 대해서는 어떻게 생각했는가?
『자라투스트라는 이렇게 말했다』에 다음과 같은 글이 있다.

시인들은 바다로부터 허영도 배웠다. 바다야말로
공작들 중 공작 아닌가?
　세상에서 가장 못생긴 물소 앞에서도 바다는 꼬리를
돌돌 말지, 바다는 은과 비단으로 된 자기 깃털에 싫증을
내는 법이 없어.
　물소는 뻔뻔스레 바라보지, 물소의 영혼은 모래 같아,
아니 덤불에 더 가까워, 아니, 늪하고 가장 비슷해.
　물소한테 아름다움이니 바다니 공작의 장식이 무슨
소용이야? 이 비유를 시인들에게 말해 주고 싶어.
　참말이지, 시인들의 정신 자체는 공작들 중 공작이요
허영의 바다야!

　공작은 허영의 대명사이고, 물소는 우매한 것의 총체이다. 이런
물소 앞에서조차 자신의 허영을 과시하려는 존재가 시인이다.
니체는 시인들 중 자신을 참회하는 자가 나와야 한다고 믿는다.
인간이 한 사회에서 중시하는 미덕이나 명예는 모두 허영심에
불과하다. 그것은 자신이 직접 만들어 내는 것이 아니라 상대방의
눈빛이나 입이 채워 주는 것이기 때문이다. 허영심에 들뜬 사람은
상대방이 강아지에게 주듯 내미는 칭찬을 핥으며 꼬리를 흔들고
고마움의 눈물을 흘린다. 허영심에 들뜬 자들은 멋진 옷을 입고
그것이 최고라 생각한다. 그리스 신화에서 아르고스가 죽은 뒤
헤라는 아르고스의 100개의 눈을 자신이 아끼던 공작의 깃털에
붙여 놓았다. 실제로 보지 못하는 눈은 그냥 장식일 뿐이다.
공작의 눈은 깃털에 달려 있다. 공작은 앞을 보지 못한다. 공작은
마음의 눈을 갖지 못했기 때문이다. 사물을 인식하지 못하고
그냥 따라 할 뿐이다.

　「시인의 소명」에서 시인을 바보라 비웃는 새의 목소리는 시가
자칫 빠질 수 있는 허황된 이데올로기에 대한 경고로 들린다. "—

'맞아요, 나리, 당신은 시인이죠.' / 딱따구리는 어깨를 으쓱인다."
니체의 시 쓰기는 당시 19세기에 만연했던 문학을 향한
열광적 분위기와는 사뭇 다르다는 것을 알 수 있다. 분위기를
맹목적으로 따르는 태도가 아니라 그만의 전략이 있다는 말이다.
허영과 작은 에고에 의해 움직이는 진부한 시인이 그는 싫다.
거품에 불과한 것이 작은 에고이다.
　자라투스트라는 시인들이 가짜 포도주를 만드는 존재들이라
생각한다. 상상과 궤변은 이곳의 땅이 아니고 실체도
아니다. 허세와 위세를 멀리하는 사람이 진정한 인간이다.
자라투스트라는 자신의 가르침을 인류에게 퍼뜨리려 한다.
신은 죽었으므로 신의 위치를 향하여 스스로를 드높이는 것이
인간의 사명이다. 니체는 땅의 육체성의 진실을 믿으며 허위의
이른바 '순수한 깨달음' 같은 물거품을 걷어 내려 한다. 배가
고프면 창자가 가장 정확하고 진솔하게 반응한다. 그는 종교의
위선을 비판한다. 그가 사랑하는 것은 자유와 신선한 흙냄새이다.
니체에게는 혁명도 아니고 기존의 미덕도 아닌 새로운 가치가
제일 중요하다. 그것은 니체에게는 미지의 드넓은 전인미답의
세계이다.
　소크라테스적인 합리성보다는 내면에서 울려 나오는 충동을
높이 사기 때문에 니체의 시에는 생명력이 넘친다. 십자가에
매달린 예수 자체의 고통은 오히려 긍정적 에너지를 갖는다.
그러나 예수가 만들어 낸 복음을 믿고 미래와 천국을 믿는 것은
우매한 일이다. 자기 스스로의 힘으로 만들어 낸 고통의 산물이
아니기 때문이다. 니체의 생명력을 향한 노래는 시 「미스트랄
에게」에서 잘 드러난다. 니체는 지저분한 인간들을 휩쓰는 바람,
즉 의지가 되고 싶어 한다.
　니체의 글은 형식 면에서도 자유롭다. 서정시와 잠언과
산문의 경계를 넘나들기 때문이다. 프랑스의 몽테뉴에게
영향을 받은 잠언적 글쓰기는 서양에서 거의 주도적 세력을

「가나가와 해변의 큰 파도」. 일본 화가 가쓰시카 호쿠사이(1760-1849)의 채색 판화. 파도의 마무리된 끄트머리 모습에서 니체가 『자라투스트라는 이렇게 말했다』에서 말한 공작의 깃털이 연상된다. 유럽 예술과 음악과 문학에 큰 영향을 끼친 그의 '후지산 36경' 중 한 작품이다. 특히 마네와 모네, 고흐 등 인상파 화가들이 호쿠사이에게 큰 영감을 받았다.

형성한 논증적 이성을 해체하기에 안성맞춤이었다. 니체의 이런
장르 넘나들기는 글쓰기 방식에서 연유한다. 니체는 어디를
가나 수첩을 몸에 지니고 다니면서 글을 쓴 것으로 유명하다.
이성과 논리로 풀 수 없는 철학적 난제를 니체는 시 형태로
돌파하려 했다. 시에는 직관이 작용하기 때문이다. 글을 논리가
아닌 직관으로 넘어설 수 있는 곳이 시의 세계이다. 새 시대에
상응하는 새로운 진리는 새로운 방식으로 추구해야 한다.

시 「바보여, 시인이여」에서처럼 니체는 시인을 "바보"로 본다.
시인은 바보여서 자유롭다. 그가 꿈꾸는 것은 개인의 절대적
자유이다. 니체의 시에 등장하는 많은 인물들은 그의 내면의
자유 욕구의 대변인들이다. 이 세상에 불변의 것은 없다고 니체는
확신한다. 모든 것은 변한다. 그렇기 때문에 니체가 하는 말들도
순간적 인식일 때가 많다. 'werden', 즉 '되어라.' '변해라.' 이것이
니체 철학의 핵심어이다. 그에게는 확고부동하게 고착되어 변하지
않는 것은 없다. 니체는 표현이든 신념이든 가없는 변화를 꿈꾼다.
미리 주어진 모든 규정을 거부한다.

니체에게는 역설 또는 아이러니가 세상의 관습으로 물든
사태를 올바르게 보여주는 번갯불과 같다. 그것을 우리는 시
「방랑자」에서 발견한다.

"더 이상 길도 없다! 주위엔 심연과 죽음 같은 정적뿐!"
너는 그걸 원했다! 너의 의지는 길에서 벗어났다!
자, 방랑자여, 잘했다! 이제 차갑고 맑게 바라보라!
너는 길을 잃었으니 네가 의지할 것은 위험뿐이다.

플라톤은 초월의 세계로 올라가려는 헛된 꿈을 꾸고 있기에
니체는 플라톤을 "지하실에서 짖어 대는 사나운 개"로 폄하한다.
선과 악을 나눈 것은 누구인가? 절대적인 선과 악은 있는가?
니체의 목표는 길을 잃고도 스스로의 "위험"에 '의지하여' 새로운

진리를 만드는 것이다. 니체는 신의 죽음 이후 이승의 시에서
진리를 찾으려 노력한다. 그것이 이 세상과 시간과 삶에 지친
플라톤과 다른 면이다. 니체의 진리는 인간들의 이데올로기적
판단을 넘어서는 순수예술에 있다. 무엇을 위해, 어떤 효용을
위해 존재하는 것이 아닌 그저 한 폭의 아름다운 그림처럼,
도자기처럼 그 자체로서 존재하는 예술, 그것이 니체가 생각하는
진리의 표상이었다. 이곳에서 비로소 순수한 자유가 춤출 수
있다. 니체가 인간 구원의 최종 목표로 삼은 것은 예술이었다.

니체의 팔림프세스트

니체의 시를 읽다 보면 그 선대 시인 횔덜린과 하이네가
떠오르고, 또 그의 후대 시인 릴케와 철학자 하이데거가
생각난다. 또 시와 철학을 하나로 묶어 보여 주었던 그보다 선대
시인들인 괴테와 실러도 그 곁에 보인다. 니체의 "Übermensch",
즉 "초인"이 끝없이 자신을 넘어서려는 사람이라면, 독일
낭만주의에서 말하는 아이러니 개념도 이 측면에서 이해할 수
있다. 낭만적 아이러니는 자아의 끝없는 탈바꿈을 위한 장치이기
때문이다. 릴케가 초기의 『기도 시집』에서 말한 "생성되어 가는
신" 역시 니체의 "초인"과 무엇이 다르겠는가? 릴케에게서는
초기 작품뿐 아니라 후기 작품에서도 니체에게 열광했던 흔적이
곳곳에서 발견된다. 니체의 자라투스트라는 이렇게 말한다.
"고귀한 것의 우화를 말할 때면 / 나는 늘 춤으로 말하는 법밖에
알지 못한다." 릴케는 『오르페우스에게 바치는 소네트』에서
언어적 표현의 한계에 부딪혔을 때 이렇게 말한다. "소녀들아,
다정한 소녀들아, 너희 말없는 소녀들아, / 너희들이 맛본 과일의
그 맛을 춤추어라! / 오렌지를 춤추어라." 또한 헤르만 헤세의
구도 소설 『싯다르타』 역시 『자라투스트라는 이렇게 말했다』의
계열에 속한다고 할 것이다. 『자라투스트라는 이렇게 말했다』와
릴케의 『말테의 수기』는 공히 '나'에게 바치는 헌정의 글이기

때문이다.

반대로 니체가 읽은 독서의 내용은 그의 글에 많은 흔적을 남기고 있다. 니체는 중세 양피지가 귀하던 시절 앞사람이 쓴 글을 지우고 다시 자신의 생각을 겹쳐 적고는 하던 하나의 "팔림프세스트", 즉 "재록 양피지"이면서 자기만의 색깔로 빛나는 시인이자 철학가이다. 그의 글 속에 다양하게 번져 있는 선대들로부터 받은 영향 속에서도 오롯이 반짝이는 무언가가 두드러진다. 그에게서는 무엇보다 독일의 전통적 복음 신학의 흔적과 고대 그리스 고전 문헌학의 흔적이 동시에 발견된다. 니체 대 니체의 대결이 여기서 펼쳐진다. 하나는 게르만적인 것이요, 다른 하나는 고대 그리스적인 것이다. 이것은 전기적으로 그의 마음속에 병치되면서 전개된다. 과거의 수용과 극복이 니체의 가슴속에서 치열한 전투를 치른 것이다. 니체의 글들은 현대에 들어서도 수없이 반복과 재생, 극복을 거듭하고 있다. 니체의 과거는 우리 시대에 들어와서 우리의 현재와 뒤섞이고 아직 오지 않은 새로운 미래로 재탄생하고 있다.

서른다섯 살이 끝나는 시점에서 쓴 한 편지에서 말한 것처럼, 니체는 "좋은 올리브기름 한 방울이 나[그]로부터 뿌려졌다는 것을" 알고 있었다. 『인간적인, 너무나 인간적인』의 부제는 "자유로운 정신을 위한 책"이다. 니체에게 전통적인 이념은 썩은 것이며 그의 가슴을 옥죄는 사슬일 뿐이다. 이때 자신의 생각을 자유롭게 표현해 내기 위해 사용한 형식은 잠언이다. 잠언 형식은 말하려는 것에 거리를 두며 냉소적으로 자신을 표현하기에 아주 적합한 형식이었다. 니체에게 실체가 없는 이데올로기는 비판의 대상이다. 그에게는 아주 조그만 사슬도 엄청나게 크고 묵직한 덫처럼 느껴졌다. 독일을 두고 니체는 『우상의 황혼』에서 말한다. "알코올과 기독교라는 유럽의 두 가지 대단한 마약이 이토록 부도덕하게 오용된 곳은 없었다." 알코올의 대명사로 니체는 독일의 맥주를 비난한다. 젊은이들이 맥주에 빠져 정신의 새로움을 갖지 못하고 알코올중독 상태에 있으며 그것이 퇴락으로 이어진다는 것이다. 알코올이나 기독교는 정신을 마비시키는 최면제이다. 니체의 철학은 건강성을 지향한다. 인간들은 낯선 것을 두려워한다. 그것은 위대한 것을 두려워하는 것과 같다. 건강을 위해 정말로 좋은 햇살이라도 뜨겁다고 도망치는 경우가 그렇다.

니체가 본 인류 진보의 가시적 표현은 예술에 있었다. 니체의 이런 생각을 가장 잘 드러내 주는 인물은 디오니소스이다. 디오니소스가 그에게는 예술적인 것의 척도이다. 니체의 시 작품들 중에서 '디오니소스에게 바치는 송가' 즉 'Dithyramben'이 압도적인 이유이다. 니체의 얼핏 과도한 자기주장은 디오니소스라는 인물 속으로 차분히 맑게 침전된다. 디오니소스는 자유분방함과 '비켜서 보기'를 위한 장치였다. 니체가 사용하는 도취적인 문체는 우리의 영혼을 잡아끈다. 그가 시를 쓰면서 모델로 삼았던 것은 젊은 괴테와 횔덜린, 아이헨도르프, 하이네 등이었다. 그러나 니체의 중점은 열광과 도취와 정신적 민첩성에 있었다.

팔림프세스트의 한 예. 위에서 아래로 적힌 기도서 내용 밑에 왼쪽에서 오른쪽으로 희미하게 아르키메데스의 원고가 보인다.

휠덜린은 서간체 소설『히페리온』에서 이렇게 인간 존재에 대해 이야기한다.

오, 가련한 자들아, 너희는 느낄 것이다. 너희는 인간의 숙명에 대해 말하고 싶어 하지 않는다. 우리 위에서 섭리하는 무(無)에 의해 철저히 사로잡힌 너희는 그만큼 철저히 알고 있다. 우리가 무를 위해 태어났으며, 무를 사랑하며, 무를 믿고, 무를 위해 뼈 빠지게 일하다가 결국엔 서서히 무로 스러진다는 것을. 너희가 그것을 진지하게 생각하여 털썩 무릎을 꿇는다면 난들 어쩌겠는가? 나 역시 이런 생각에 벌써 몇 번씩이나 잠겼고, 또 이렇게 소리 질렀다. 왜 내 뿌리에 도끼질을 하는가, 잔인한 정신아? 그리고 나는 아직 이렇게 살아 있다.

니체는 어린 시절부터 휠덜린을 자신의 영웅으로 생각했다. 휠덜린은 이 지상의 삶이 결국에는 무로 돌아간다는 것을 분명하게 알고 있다. 그러면서도 "무"에 대한 생각에 빠져 좌절하지 말 것을 주문한다. 니체는 삶에 대해 무한히 긍정하려 한다. 또한 니체의『자라투스트라는 이렇게 말했다』를 읽으면서 무수히 만나는 낱말 가운데 가장 눈에 띄는 것은 "이 땅"이라는 말이다. 그리고 "생"이라는 낱말이다. "이 땅"과 "생"은 초월적 세계와는 다른 오로지 이곳의 삶을 의미한다. 그것은 자신이 살아온 삶에 바탕한 글을 쓰겠다는 의지의 표현이다. 니체의 의도는 오로지 사랑과 증오 속에서 인생의 진리를 찾는 것이다. 니체는 심리적 고도를 오르내리며 자신의 생각을 설파한다. 니체의 글은 '이 땅과 생에 바치는 헌사'이다.

번역을 마치고

작년 초봄부터 가을까지 많은 시간을 니체의 시와 함께 보냈다. 그의 초기부터 후기까지 대표적인 작품들을 일단 골라 여러 번 읽고 그에 대한 감을 잡은 다음 우리말로 한 줄씩 옮겼다. 비교적 어린 시절에 쓴 시에서조차 니체 특유의 자존감이 두드러졌고, 자신의 생각을 표현해 내는 솜씨 또한 그만의 개성을 갖추고 있었다. 후기에 이를수록 사유의 깊이와 표현의 웅장함이 더욱 짙어지는 것을 느낄 수 있었다.

니체 시를 읽으면서 가장 강하게 드는 느낌은 활력성과 색채감이다. 이것을 살리기 위해 어휘를 적절히 고르는 작업에 신경을 많이 썼다. 거의 본능에서 나오는 듯한 사유와 표현을 제대로 포착하는 것이 니체의 시를 우리말로 잘 되살리는 데 첫걸음이 되었다. 니체의 시가 당대 시와 다른 점은 파괴적인 힘을 바탕으로 근대성을 개척해 가는 지점에 있다. 그런 면이 이해의 난점을 주고, 그것이 번역에서도 어려운 점으로 드러난다. 니체의 시를 번역하는 일은 그와 오솔길을 따라 산책하며 말을 트는 듯한 느낌이었다. 이번 번역은 니체와 나눈 대화의 기록이다.

니체의 친구 파울 레(가운데)와 니체, 그리고 수레에 올라 채찍을
들고 있는 루 살로메. 니체와 레는 모두 루 살로메에게 구애하였으나
거절당했다. 루 살로메는 프로이트, 릴케의 연인으로도 잘 알려져 있다.

네 가슴속의 양을 찢어라

진은영

누군가에게서 양처럼 온순한 아름다움을 느끼고 싶을 때가
있다. 그런 순간에 우리는 시집을 펼쳐서 시인들의 언어에 눈길을
가져가곤 한다. 그들의 언어가 작은 나무 울타리 안에서 얌전히
주인을 기다리는 양들처럼 여리고 선량하기를 기대하면서
말이다. 만일 우리가 원하는 것이 이런 종류의 아름다움이라면
니체의 시집에서는 결코 그것을 발견할 수 없을 것이다. 이 시집은
세상의 미만한 지혜와는 무관한 사유와 통찰들로 가득하기
때문이다.

평지에 머물지 마라!
너무 높이 오르지도 마라!
중간 높이에 있을 때
세상은 가장 아름답게 보인다.
──「세상의 지혜」에서

우리가 종종 듣는 교훈이다. 그러나 니체의 노래는 이 중간
높이의 지혜로움에 격렬히 저항한다. 그의 시집 제목에 나오는
'포겔프라이(Vogelfrei: 새처럼 자유롭게)'라는 단어가 말해주듯,
그의 영혼은 새처럼 노래하려는 것이 아니라 새처럼 자유롭게
날아오르려는 것이다. 새는 새장 안에서도 아름답게 노래할 수
있다. 어린 시절에 읽은 동화 속의 한 임금님은 황금 새장 안에
갇힌 카나리아의 울음소리를 매우 사랑했다. 갇혀 있기에 슬픈
것들의 아름다움 역시 우리에게 사랑을 불러일으킨다. 이런

아름다움에서 우리는 기쁨을 느끼기도 한다. 그러나 시인 니체가
세상을 위해 준비한 기쁨은 이와는 다른 것이다.

이 기쁨은 하나의 질문에서 시작된다. "그대는 벌써 얼마나
오래도록 그대의 불행 위에 앉아 있었나?"(「명성과 영원」) 이
물음 앞에서 우리는 이제 스스로 일어서야 할 때가 되었음을
깨닫는다. 그러고 나면 우리 중 어떤 이들은 서툴게 걷기
시작하고, 조금 더 명랑한 이들은 춤추는 것처럼 움직이고, 가장
명랑한 이들은 저 하늘 높이 독수리처럼 날아오를 것이다. 그
광경을 보며 시인은 이렇게 노래하리라.

> 만세, 새로운 춤을 창안하는 자여!
> 우리 수천의 방식으로 춤을 추자,
> 자유로워라 ─ 우리의 예술이여,
> 유쾌하여라 ─ 우리의 학문이여!
> ─「미스트랄에게」에서

니체의 시집과 여러 저작들에는 상심과 고통 속에 웅크리고
있던 이들을 단번에 일어나 춤추게 하는 신비한 명랑성이 있다.
니체의 책을 제대로 읽기만 한다면 우리는 자신의 성전으로
들어가 스스로 제 영혼의 앉은뱅이를 일으켜 세우는 힘을 갖게
된다. 그런데 이런 힘을 가진 자는 드높은 하늘만을 바라보지는
않는다. 그는 가장 높은 곳에서 "참으로 오랫동안 뚫어지게
심연을 / 자신의 심연을 응시하는 독수리처럼"(「바보여, 시인이여」)
자신의 어두운 곳을 충분히 바라볼 줄 아는 사람이다. 니체는
이런 사람을 강자라고 부른다. 강자는 새하얀 양떼처럼 목자의
보호를 받는 정신의 유년기를 떠나 자기만의 고유한 방식으로
새로운 것을 실행한다. 그래서 그는 어둠과 실패에 익숙하다.
실패는 걸음마를 떼기 시작한 아이를 따라다니는 보모처럼 모든
'첫' 시도를 따라다니기 때문이다.

명랑하고 자유로운 자는 때때로 세상이 죄라고 부르는 일도 감행한다. 생각해보면 위대한 모든 것들은 한때 죄악이었다. 노예가 생각하는 것도 흑인이 학교에 가는 것도 여성이 투표하는 것도 역사의 한때에는 모두 죄였다. 그러나 그는 죄를 범하게 될까봐 위축되는 대신 "새로운 죄로 / 과거의 죄를 지워버리는 거죠."(「경건한 베파」)라고 용감하게 외친다. 그는 "가슴속의 양을 찢는다, 찢으며 웃는다"(「바보여, 시인이여」) 나는 이 시구를 읽으며 비트세대 시인 앨런 긴즈버그의 청춘시절을 다룬 영화 「Kill Your Darlings」를 떠올렸다. 그는 니체의 시구처럼 "고양이와 같은 방종으로 가득 차, / 모든 창문으로 뛰어들며, 휙! 모든 우연 속으로"(「바보여, 시인이여」) 몸을 던져 삶을 사랑하고 노래한 시인이다. 'Kill Your Darlings'는 영화 속에서 시인의 정언명령으로 소개된다. 친밀하고 익숙해서 네가 사랑하는 모든 것들을 살해하라! 바로 그 순간에 문학은 시작되니까. 이런 현대적 정신을 니체는 바로 "네 가슴속의 양을 찢어라."라는 시적 명령문 속에서 개시하고 있다. 그러니 누군가 니체의 이 시집에 대해 묻는다면, 나는 이것은 영원한 청년들의 책이며 우리 시대의 조로(早老)로부터 청년들을 구원할 책이라고 답하겠다.

세계시인선 36   네 가슴속의 양을 찢어라

1판 1쇄 펴냄 2019년 2월 25일
1판 2쇄 펴냄 2023년 7월 10일

지은이   프리드리히 니체
옮긴이   김재혁
발행인   박근섭, 박상준
펴낸곳   (주)민음사

출판등록 1966. 5. 19. (제16-490호)
주소   서울시 강남구 도산대로1길 62
            강남출판문화센터 5층 (06027)
대표전화 02-515-2000   팩시밀리 02-515-2007

www.minumsa.com

ⓒ 김재혁, 2019. Printed in Seoul, Korea

ISBN 978-89-374-7536-8 (04800)
        978-89-374-7500-9 (세트)

세계시인선 목록